Sayonakidori

小夜啼鳥に捧ぐ

橘あおい［著］

新日本出版社

小夜啼鳥に捧ぐ＊目　次

（『女性のひろば』二〇一九年十月号〜二一年三月号連載）

一　夜の静寂

地の底に沈むようなけだるさが身体から自由を奪っていく。深夜勤務を控え責任の重圧と緊張とが入り混じって佐山奈緒子《なおこ》は息苦しささえ感じていた。それに加え下腹を鋭利な刃物で突かれるような痛みもある。昨日から始まった生理がその原因だった。起きているのも辛く奈緒子はベッドにうずくまるように横になっていた。

看護婦寮の白い壁に掛けられた時計の時刻は午後十時半を少し過ぎており、十二時からの深夜勤に出かけるにはまだ少し時間の余裕があった。職場には五分とかからない距離なのだが、うっかり寝込んでしまったら遅刻してしまう。出かける十分前になった頃、奈緒子は重く痛みのある身体をむりやり起き上がらせた。

生理で体調の悪い日に生理休暇が取れるのではないと知ったのは、看護婦になったばかりの頃だった。ちょうど今日のように夜勤に入る日、生理痛のため休ませてもらいたいと病棟婦長に電話をした。すると「薬は飲んだの。まだ飲んでいないなら、薬をしっかり飲んで夜勤に出てきてちょうだい」と、婦長は当然のように言ったのである。勤務表に予め組み入れられた生理休暇は生理日に合わせて変更することなど想定していない。四週六休の少ない休日を一日増やす名目として宛てがわれたのに過ぎないのであった。

ぬるくなったポットのお湯を半分ほどマグカップに注ぎ、濃いインスタントコーヒーを作って奈緒子は飲み込んだ。大きなあくびと一緒ににじみ出た涙を指でぬぐった。人が寝しずまる夜中に夜勤に出かけていくこの瞬間、奈緒子は看護婦になったことを心の底から後悔するのだった。

一九八〇年代前半、佐山奈緒子は都内の看護学校を卒業した。埼玉県東南部に新設されたみずぬま協同病院で働き始めて三年目を迎えていた。どの病棟でも勤務を交代してもらえるような余裕がないばかりか、看護婦の定数に対して二人ないし三人ほどの欠員状態が続いている。

奈緒子は生理痛に苦しみながらも仕事を休むことは考えていなかった。たった二人だけしかいない夜勤なのだから、這ってでも行かなくてはならないのだ。あきらめにも似た気持ちで奈緒子は紺《こん》のTシャツに白いパーカーをはおり、ジーパンを穿《は》いて身じたくをした。

カンナ寮という可憐《かれん》な花の名を付けられた看護婦寮は、道を挟んで病院の真向かいにある。南北にうなぎの寝床のように長い木造の二階建てで、各階とも十室ずつ一列に並んでいる。東向きの部屋は病院の広い駐車場に面し、西側は枝豆や小松菜などを栽培する畑だった。

六畳ほどのワンルームには流し台とベッド、エアコンが備え付けられている。トイレと風呂場は共同で寮の入り口には共有スペースとして談話室が設けられていた。奈緒子の部屋は二階の入り口から一番遠い二百十号室だった。しんと静まり返った寮の長い廊下に奈緒子のスリッパのかすれる音だけが響いている。どの部屋からも明かりは漏れていなかった。勤務で不在にしている者も、すでに寝入っている者もいるのだろう。奈緒子は長い廊下を歩きながら少しずつ気持ちを切り替えていった。

——もう、引き戻せない。これから夜勤が始まるのだ。何事もなくスムーズに朝が来ますように。

階段を下りて寮の玄関の鍵を閉め、祈るような気持ちで病院に向かった。奈緒子は顔を上に向け、道を挟んで真向かいにある病院の窓を眺めた。三階の病室のカーテンは閉められ明かりは消されている。病棟は落ち着いているのだろうか。急変や緊急入院があると、病室の明かりはいつまでも消すことができない。今日はおそらくそんな心配もないと思われた。

夜間は病院の表玄関は閉められており、東西に細長く建てられた西側の端の職員通用口から院内に入る。通用口の手前、右手にある別棟の平屋建ての建物は遺体を安置する霊安室と解剖室だった。時折、亡くなった患者さんを見送る場面に出くわすこともあるが、今夜はドアも固く閉ざされていた。左手には医療廃棄物を集める大きなコンテナが置かれ、清掃用のモップやマットなどが干されいつも雑然とした雰囲気だった。

通用口には管理人が常駐しており、白髪まじりの作業着を来た男性が書類に目を落としていた。奈緒子は職員であることをアピールするため、心のうちとは裏腹な笑顔をつくって明るく挨拶した。

「こんばんは」

「ご苦労様」

管理人の男性が奈緒子に頭を下げた。

管理人室から一階の外来フロアに入るには重い防火扉を開けなければならない。二十四時間、救急患者を受け入れている外来の処置室には明かりがついて、待合室の長椅子に患者の家族らしき人たちが座って待っている。もしかしたら、じきに入院になるかもしれない。奈緒子はいやな予感がした。もし、入院になるなら他の患者が眠っている夜の間にしてほしい。朝方、採血や検温で各病室を回る忙しい頃だと、通常の仕事が後回しになって長時間の残業になってしまうのだ。

西側から東側の端まで一直線に続く長い外来の待合室を足早に通り抜け、奈緒子は階段を上って二階の職員更衣室に向かった。更衣室のドアの前で自分のタイムカードを探して打刻すると二十三時二十五分だった。更衣室の明かりはつけっぱなしになっているが誰もいない。他の病棟のナースはもう既に着替えてしまって病棟に向かっているのだろう。奈緒子は一人出遅れてしまったような焦りを覚えた。

ワンピースタイプの白いユニフォームに着替え白のストッキングを穿く。ナースキャップをかぶり白いピンで前と後ろを三ヶ所留めた。ピンが頭皮にふれるとテンションが高まり、不思議にこれから戦場に向かう戦士のような闘志がわいてくる。これまで下腹部を突き刺すようだった生理痛が少し和らいできたようだ。最後に白いナースシューズを履くと病棟に向かう足取りもいつしか軽くなったような気がした。

みずぬま協同病院の病棟は、二階が外科系、三階、四階は内科系だった。フロアの中央にはテレビが置かれた広いデイルームがあり、それを挟んで右手が西病棟、左手が東病棟だった。奈緒子が働く三階西病棟は、糖尿病、腎不全、透析患者などを中心にした病棟である。

元々は老人病院として作られた建物だったが、資金繰りがうまく行かなくなり建設が進まないまま、暴走族のたまり場と化していたのを買い受けたのだ。最初から設計に関わらなかったことの弊害はいくつもあった。

四つある大部屋はすべて八人部屋で、ナースステーションのそばにある重症室だけは六人部屋となっていた。個室はなくて二人部屋が五つで合計四十八床。この人数を夜勤はたったの二人で管理しなければならない。どこもスペースが狭くてベッドとベッドの間はようやく通れる隙間がある程度だった。それに浴室は東西の二つの病棟に一つしかなかった。

三階西病棟のナースステーションでは、心電図モニターから心臓の拍動する音がリズムよく聞こえている。準夜勤のナースの姿は見当たらなかったが、おそらく病室を回っているのだろう。

「奈緒子、あんた顔色悪いなあ」

「生理痛がひどくて……。さとみさんには嘘つけないね。だって、すぐ見破られちゃうもん」

「そっか、生理痛か。今晩、大丈夫？　あんた無理しちゃあかんよ」

三階西病棟の三畳間ほどの狭い休憩室にいたのは萩尾さとみだった。奈緒子が新人の頃から指導に当たってくれた三歳年上の先輩だった。さとみは以前、関西の国立病院の小児科病棟に勤めていた。夫の転勤でみずぬま協同病院に就職したのだと聞いていた。

さとみは東京弁を使っているつもりのようだが、ところどころに関西弁が混じった言葉遣いをする。色白のぽっちゃりした体型は、ふわふわと懐深く包み込んでくれるような印象をもたせた。

ボーイッシュなショートカット。白いTシャツに真っ赤なロングスカート。雨の日には黄色い傘をさして原色系の奇抜なファッションで身を包む。パステル系の淡い色が好きな奈緒子にはとても真似《まね》できそうにない。

さとみは思ったことをそのままストレートに相手に言うタイプだった。奈緒子にとっては優しい先輩だったが、本音と建前を使い分ける関東では扱いづらいと煙たがられることが多かった。奈緒子はさとみとは逆に自分の気持ちを言う前に考えてしまうタイプで、言おうか言うまいかしばらく考えて、こう言ったら相手はどう思うのだろうと考え抜いてからでないと言葉が出ない。ようやく見つけた言葉は自分も相手もいかに傷つけずに穏やかにいられるか。何よりそれが優先されるのだった。

「奈緒子、つらかったら横になってな。そしたら、あたしが患者さんみとくから」

真っ赤な大きいマグカップを口元に持っていきながらさとみは奈緒子に言った。

「さとみさん、ありがとう。頼りにしてます」

奈緒子は隣に腰掛けながら、さとみの横顔に声をかけた。

「ねえ、奈緒子。夜勤があけたら、うちに遊びに来なよ。一緒に、手作り餃子《ギョーザ》でパーティーしよ」

さとみはマグカップのコーヒーを飲み干すと、厚ぼったい一重の目を細めて明るく言った。いつも思いつきでひらめくように誘われるので何だか断ることもできない。

「さとみさん元気ですねえ。夜勤明けにパーティーだなんて、眠くないんですか？」

「平気、平気。どうせ明日は休みなんやろ。うちの旦那《だんな》もいるけど構わないでいいから。ねえ、うちに来なよ」

誰に対しても気負わず常に自然体のさとみは、先輩とは言えそばにいて緊張のいらない人だった。さとみの夫にはまだ会ったことがない。奈緒子は想像を膨らませながら、まるで海のように心が広い人なんだろうと勝手に思い込んでいた。

「お疲れ様、今日は落ち着いているわよ」

準夜勤の島野洋子が休憩室に入ってきた。洋子は化粧がだいぶ落ちかかって疲れた表情だったが、病棟は緊急入院や急変もなかったようだ。奈緒子は胸を撫《な》で下ろした。

「よかったぁ。これで明日の朝まで何もなければいいんだけど」

洋子は奈緒子に笑みを浮かべて見せると、たばこを一本取り出して口にくわえ窓を開けた。ライターの火をつけ大きく息を吸い込んで白い煙を吐き出した。それはまるで今までめいっぱい溜められた疲れや屈辱や怒りが一瞬にして身体の外に吐き出されるようだった。

ベテランの准看護婦である洋子は以前、食堂を開いていた。料理上手な下町の肝っ玉母さんだ。ナースキャップも似合っているが白い三角巾《さんかくきん》をかぶっても、きっと違和感はないだろう。細身で身軽に病棟のなかを走り回って仕事をする姿には、三人の男の子を育てあげた逞《たくま》しい母親の姿がだぶって見える。今は離婚して独り暮らしだと聞いていた。

先輩のさとみはどちらかと言うと敵を作りやすいタイプだが、洋子はさとみの数少ない理解者でもあった。そんな洋子のことを奈緒子もまるで母親のように慕っていた。

「イカと里芋の煮物を作ってきたから、あんたたち食べなさいよ」

洋子は冷蔵庫の扉を開けてタッパーを取り出し煮物を差し出した。

「わあ、美味《おい》しそう。洋子さん、いつもありがとう。夜食にするからね」

奈緒子は洋子からタッパーを受け取った。夜勤の時はいつもおいしい手料理を持ってきてくれる。看護婦寮では手間のかからない卵かけご飯ばかり食べている奈緒子は、洋子のおふくろの味にお腹も心も満たされていた。

病棟は午後九時には消灯しており、それから病室は足元の小さな照明だけになる。点滴などをしている患者には枕元のライトが点けられているが、昼間とは打って変わって暗闇と静寂が病棟を包み込む。外からは救急車の鳴らすけたたましいサイレンの音がまた病院の方へ向かってくる。今夜はこれで何件目の救急車だろう。奈緒子はナースステーションで洋子からの申し送りを受けながら、サイレンの音を気にしていた。

申し送りとは勤務の交代時に患者の情報を次の勤務者に伝える事だ。血圧や体温、脈拍などのバイタルサイン、医師からの指示、患者の状態など正確になおかつ的確な観察や判断力で看護実践ができたのかが問われる。

「タネさんは、日勤では熱発して三十八度六分まで上がったので、解熱剤の座薬を十四時に入れていきす。準夜勤では最終二十一時に測っていますが、三十七度五分まで下がりました。さっき氷枕を取り替えたばかりだから、しばらくは大丈夫だと思うけど」

洋子は老眼鏡を額の上に持ち上げて、奈緒子の顔を見つめ念を押した。奈緒子は大きくうなずいて菅谷タネの温度板を覗き込んだ。

病棟では患者一人一人に「温度板」と呼ばれる体温と脈が青と赤の色鉛筆で折れ線グラフになった表をつけている。極度に上の方につき出していた青い体温の線が、座薬を入れてから少し下向きに下がっている。

奈緒子はタネの青い線がまだ三十七度以下に下がっていないことが気になって、洋子が次の患者を申し送る声が一瞬、耳に入らなかった。入院患者の中に八十歳を越える年齢はまだそう多くはない。タネは腎不全で血液透析が必要だったが、高齢を理由にその治療を家族が拒んだのだと聞いていた。いのちを救える医療があっても、それを受けられないのならば死を待つしかない。タネの浮腫《むく》んでくすんだ丸顔が思い出された。

「ねえ、ちゃんと、聞いてるの。ほら、奈緒ちゃん」

「あっ、はい」

洋子が奈緒子に渋い顔を向けながら、温度板を指差している。申し送りは次の患者に移っているのに、奈緒子はタネのことが気になって上の空だった。

隣のテーブルではさとみがもう一人の準夜勤の看護婦から申し送りを受けていた。四十八床のベッドを半分にしてチームを分けている。奈緒子はAチームで重症者が多い病室を受け持っており、さとみはBチームで軽症者を中心とした八人部屋を四つ受け持っていた。時折、質問を挟むさとみの声がどことなく苛立《いらだ》って聞こえてくる。また、さとみの追及が始まった。いつものことだ。洋子も驚いた様子を見せなかった。申し送りが終わったのは午前一時だった。

「じゃ、先に帰りますから」

疲れた硬い顔つきで先に帰ったのは、さとみへの申し送りを終えた西川真由美だった。数年毎に病院を渡り歩いている看護婦で、患者のことより効率を求めるタイプだった。とことん理想を追求するさとみとは極端に相性が悪い。そそくさと帰ったのもきっとそのせいだ。

真由美の背中はどことなく強ばっているように見えた。さとみは眉間《みけん》にしわを寄せて、黙ったまま奈緒子に視線を投げてくる。きっと、さとみは真由美の申し送りはなってないと言いたいんだろう。奈緒子も真由美の頑《かたく》なな態度の意味がよく分からなかった。

かつて看護学校の哲学の男性教師が、「三年目の壁」について学生に話した。病院から奨学金をもらっていた三年間だけ働けば、職場を辞めても奨学金を返済しなくてもよくなるので、多くの看護婦が三年たったら辞めるという。

真由美も大学病院を三年で辞めてから、数年毎にあちこちの民間病院に勤めているらしかった。人を真正面から見ようとせずに目を泳がせるのが真由美の癖だった。ほとんど笑った顔をみせないが、たまに笑った時には右半分だけ引きつったように、右側だけ口角が上がるのだった。心の底から笑っていないんだろう。奈緒子にとってはあまり近寄りたくないタイプだった。

奈緒子に「三年目の壁」があるとすれば、このまま看護婦を続けていられるんだろうかという不安だった。仕事は一通り覚えたものの業務をこなすだけで毎日が精一杯。とにかく時間通りに仕事を進めていかなければならない。患者さんからできるだけ声をかけられないよう、視線を合わせないでいる自分が情けない。

患者さんに目線を合わせて話をゆっくり聞いて看護する。そんな理想などかなぐり捨てて仕事をこなしているのだ。真由美と大して変わりはない。そうだ、何が違うと言うのだろう。

さとみのように自信をもって患者さん一人ひとりの看護を見出していきたい。でもそれは遥か遠くに浮かぶ島のように、奈緒子には手の届かないものに思えた。さとみのような率直な物言いもできないし、リーダーシップにも欠ける。進路を変更するなら早いほうがいい。奈緒子は三年目にしてもっと自分らしくできる仕事があるのではないかと思い始めていた。

申し送りが終わった後は各病室へ巡視に出る。懐中電灯をもって暗い病室を一部屋ずつ患者の様子を見に行くのだ。ナースステーションからガラス張りになって覗くことができ、すぐ隣に位置する三二〇号の病室は重症部屋で、軽症なら八ベッドのところを二つ減らして六ベッドになっている。

壁にはベッド毎に酸素や痰《たん》を吸引する配管がある。病室の入り口に近いベッドでは二十四時間、昼も夜も人工呼吸器と点滴がつながれ、心電図モニターが不規則な心拍を打っている。膀胱《ぼうこう》には管が挿入され尿は袋の中にたまっていた。

まずは患者さんの顔を見て体温計を脇の下に挟み込む。手首をとって脈を計り心電図の波形を見て異常な波形が出ていないか確認する。血圧を測って尿量を観察。それから人工呼吸器の設定を確認して問題なく作動しているかをチェック。痰を吸引してから床ずれができないように体位変換。点滴は予定の時間通り落ちているか確認して滴下を調整。ざっとこの患者さんだけで十分以上の時間がかかる。小さなベッドライトの灯りだけで他の患者さんの眠りを妨げないように静かに作業しなければならない。

夜の暗い病室では空気が重く感じられる。風が通り抜けることもなく停滞し奈緒子の頭や肩にずっしりと重みを加えていく。懐中電灯の灯りを患者の足元に当てながら病室を回る。寝息を立てている人や痰の絡んだような咳をしている人、起き上がって床頭台《しょうとうだい》の引き出しを開けて中を見ている人。トイレに行くために廊下を歩いている人。病棟の真夜中の患者さんの様子は一様ではない。

まもなくリズムの速い白鳥の湖のオルゴールが鳴り始めた。ナースコールの音が奈緒子の耳にずっと渦巻いて離れない。昼間ならナースコールを通して「どうしましたか」と用件を聞きたいところだが、真夜中にはそれもできない。とりあえず病室にかけつけて、それから用件を聞くのだ。一番奥の病室まではナースステーションから一直線にして二十メートルもあるだろうか。気管支喘息《きかんしぜんそく》の患者さんがまた咳《せき》の発作に襲われているかも知れない。奈緒子は懐中電灯を持ち白いナースシューズの足音を忍ばせながら、急いでコールの鳴った病室に向かった。

懐中電灯を照らしながらほの暗い病棟の廊下を歩いていくと急に下腹に差し込むような痛みを感じた。生理痛だった。左の手のひらを下腹に当てて温めてみるがすぐには効果もない。今は我慢するしかないのだ。奈緒子の顔は痛みでゆがんだ。経血が生理パッドにするりと降りてくる感覚があった。早めにトイレに行ってパッドを交換しないといけない。二十五日周期に決まって来る生理が奈緒子はうっとうしかった。トイレに行く暇もなく白衣を真っ赤な血で染めたことが何度もあった。生理になるたびに白衣を汚していないか気にしながら仕事をしなければならないのだ。

一番奥の二人部屋の病室は真っ暗で足元の明かりしかついていない。奈緒子は懐中電灯を顔に当てないように気をつけて小声でコールのあった女性患者に尋ねた。

「呼びましたか。どうなさいました」

「すいません。喉が乾いちゃって氷水をもらえませんか」

郵 便 は が き

料金受取人払郵便

代々木局承認

9647

差出有効期間
2021年12月25日
まで

(切手不要)

151-8790

243

(受取人)

東京都渋谷区千駄ヶ谷 4-25-6

新日本出版社

編集部行

ご住所	〒 都道府県
お電話	
お名前	フリガナ

本のご注文は、このハガキをご利用ください。送料 300 円

《購入申込書》

書名	定価	円	冊
書名	定価	円	冊

ご記入された個人情報は企画の参考にのみ使用するもので、他の目的には使用いたしません。弊社書籍をご注文の方は、上記に必要情報をご記入ください。

ご購読ありがとうございます。出版企画等の参考とさせていただきますので、下記のアンケートにお答えください。ご感想等は広告等で使用させていただく場合がございます。

① お買い求めいただいた本のタイトル。

② 印象に残った一行。

(　　　)ページ

③ 本書をお読みになったご感想、ご意見など。

④ 本書をお求めになった動機は？

1 タイトルにひかれたから　　2 内容にひかれたから
3 表紙を見て気になったから　　4 著者のファンだから
5 広告を見て（新聞・雑誌名＝　　　　　　　）
6 インターネット上の情報から（弊社 HP・SNS・その他＝　　　　　　　）
7 その他（　　　　　　　　　　　）

⑤ 今後、どのようなテーマ・内容の本をお読みになりたいですか？

⑥ 下記、ご記入お願いします。

ご職業	年齢	性別
購読している新聞	購読している雑誌	お好きな作家

ご協力ありがとうございました。　ホームページ www.shinnihon-net.co.jp

申し訳なさそうに言ったのは気管支喘息の発作で入院中の女性患者だった。ひとたび発作が起こると落ち着くまでに一時間近くかかる。

「はい、分かりました。お待ちください」

奈緒子は発作ではないと分かり胸をなでおろしたものの、また二十メートル近く歩いてナースステーションまで戻り氷水を作って病室に運ばなければならない。患者に聞こえないように心のなかで奈緒子はため息をついた。

腕時計を懐中電灯で照らすと時間はまだ午前二時を回ったところだった。これからまだ七時間は働かなければならない。暗闇のなかで奈緒子は懐中電灯を放り投げ出したいような衝動にかられた。

「奈緒子、コールの用件はなんだって。木村敏子さん、発作じゃなかった?」

ナースステーションに戻ると奈緒子を待ち構えていたさとみが心配して尋ねた。

「氷水が欲しいって」

奈緒子は伏し目がちに伝えた。

「ああ、なら良かった」

さとみは発作ではないと分かるとあっさりとした返事で懐中電灯のスイッチを入れ、Bチームの病室の巡視に向かった。

製氷機から氷をコップに入れて水を入れ、奈緒子はまた一番奥の病室に足を運んだ。コップの水をこぼさないようにしながら長い廊下を静かに歩いた。コップの中で氷水が波打ってあふれそうになった。奈緒子はこぼさないように歩くスピードを少しだけ落とした。病室をまた懐中電灯で照らしてコップを木村敏子に手渡した。

「氷水を持ってきました」

「恐れ入ります。ありがとうございました」

奈緒子は敏子の手にコップを手渡した後、懐中電灯の明かりを消して、ナースステーションにゆっくりと戻った。まだ、さとみは巡視から戻ってきていない。奈緒子もまだ回りきれていない病室に行かなければならない。

心電図のモニターの波形がいつのまにか、ゆがんで滲《にじ》んで見えた。心拍のリズムの音が切ない音楽を奏でているような気がした。

　夜勤が明ければ翌日は休みだった。でも奈緒子の気持ちは沈んでいた。学生時代からずっと思いを寄せていたうたごえサークルの先輩への気持ちの区切りをつけたばかりだったのだ。片想いだったのは最初から分かっていたけれど諦めきれなかった。自分の気持ちに踏ん切りをつけることができなかったのだ。

　考えるのはやめておこう。そう思いながら、ふとある二文字が脳裏をよぎった。結局のところ、それは「失恋」に過ぎないのだった。彼からの連絡はもう二ヶ月も途絶えている。それが確かな証拠なのだった。

二　はつ恋

　夜勤が明けて勤務から解放されると頭がぼうっとしているのに、ハイテンションになって何故《なぜ》かどこかに出かけたくなる。このまま眠らずに美容院に行こうか、それとも大人しく寝て先輩のさとみから誘われていた夜の餃子パーティーまで体力を温存しようか。

　昨夜はさとみと一緒で心強かったし緊急入院や急変患者もいなかったので、特に問題なく夜勤を終えることができた。そんな時の晴れやかで満足した気持ちは何にも代え難い。就職して三年経ち自然と自信もついてきていた。

　奈緒子はうきうきと足取りも軽くカンナ寮の階段を二階に駆け上った。勤務中は病棟の廊下を何十往復もするので速く歩く癖がついている。それに明日は休みでゆっくりしていられるので気分も上々なのだ。廊下をこちらに向かって歩いてくるのは誰だろう。それは私服姿で外へ出かけようとする城田玲子だった。

「奈緒ちゃん、深夜勤だったんだ、お疲れ様。私ね、これから美容院に行って六本木に出かけるんだ。彼とフレンチを食べる約束してるのよ」

「へえ、そうなの、いいなあ。玲子ちゃん、楽しんできてね」

玲子は流行りのソバージュヘアを歩くたびに揺らし、ブランドものの馬蹄型《ばていがた》の模様の入ったスカーフを首に巻いていた。まるでアンアンかノンノのようなファッション雑誌から抜け出したモデルに見える。わずか四人ばかりの同期入職のなか、一番美人で華やかなオーラを放っていたのが玲子だった。秋田県出身だがその話し方には方言の片鱗すら感じさせない。一重瞼《ひとえまぶた》の奥の妖艶《ようえん》な瞳《ひとみ》が男性の心を吸い寄せる。職員の間では密やかなファンクラブができているとの噂《うわさ》も立つほどの人気ぶりだった。

奈緒子は玲子を見送りながら自分にはないものを感じていた。経済的に余裕のない共働き家庭に育って子どもの頃からおしゃれには無縁だった自分とは違う。人に注目されることに慣れた玲子を羨《うらや》み妬《ねた》ましくも思いながら、一方で自分の生き方とはどことなく噛み合わないと感じていた。玲子の残した香水のまったりした匂いが、いつまでも奈緒子の嗅覚《きゅうかく》にまとわりついているようだった。

廊下の一番奥にある部屋のドアの前まで来て鍵を開けた。玲子の部屋は奈緒子の隣だったが部屋にいることはまれで、こうしてすれ違ったり会話を交わすこともそれほど多くはなかった。入職の時、新人はみな違う病棟に一人ずつ配置され玲子は二階の外科病棟で勤務していた。手術前後の緊張感が伴う外科病棟では、勤務する看護婦にもさばさばとした強い意志と瞬時の判断力が問われる。内科系の病棟に比べて、より能力の高い看護婦がそこに集まっているように奈緒子には思えた。

奈緒子は部屋のドアを開けてそのままベッドに横になった。どんよりとした気分で眠くなりそうなのだがなぜか眠れない。玲子はどんな人と付き合っているのだろう。高級な服を身につけたおしゃれな男性なのだろうか。奈緒子は看護学生時代から、ずっと思いを寄せていた大山英明のことを思い出していた。

彼との出会いは五年前のこと。衛生看護科の高校を卒業して准看護婦の資格を取り、正看護婦になるために都内の二年課程の看護学校に入学したばかりの頃だった。

入ったばかりのうたごえサークルで先輩に連れて行かれたのが、同じ文京区にある国立T大の五月祭だった。学生たちで賑わう大学のキャンパスには新緑の銀杏《いちょう》並木がいきいきと輝いていた。オフコースやチューリップ、アリスといったバンドが流行していたあの頃、奈緒子はあえて素朴なアコースティックギターの響きに合わせて、創作曲を歌ううたごえサークルに入ることにしたのだった。

その一番の魅力は看護学校だけでない都内の大学生たちとの交流がもてること。女子高から引き続き男子学生のいない看護学校に進学して、恋愛など知らない奈緒子は少女漫画のような恋に焦がれていた。男兄弟もいなかったので漫画でしか恋愛を知らなかった。小心者の少女を大きな温かい心で包んでくれる彼との恋愛を描いた漫画『小さな恋のものがたり』が大好きだった。奈緒子はサークル活動を通してそんな心優しい男子にめぐり逢いたかったのだ。

英明は銀杏の大木の下で大きな黒縁のメガネをかけて軽やかにギターを奏でていた。その音色はリズミカルで力強く、時にはしっとりと心に染み入るものだった。奈緒子を見て真っ先に声をかけてくれたのが英明だった。

「もしかして、新入生? 初めまして、僕、S大学二年の大山英明です。サークルネームは千兵衛。よろしくね」

英明はテノールの力のこもった高い声で何のわだかまりもなく話しかけてくれた。T大学のうたごえサークルの部員はなんとたった一人。そこで他の大学からも新入生獲得のために応援にかけつけていたのだった。同年代の男子学生と言葉を交わすのは何年ぶりだろう。奈緒子は緊張していたが、何のわだかまりもなく自然と声をかけられたことが何よりうれしかった。

「初めまして、K看護学校一年生の佐山奈緒子、サークルネームはアラレちゃんです。よろしくお願いします」

アラレちゃんという名前はその頃、流行っていた漫画の主人公から付けられたもので、英明の千兵衛というのも同じ漫画の登場人物だ。もしかしたら何か縁があるのかもしれないと奈緒子は密かに思った。

「へえ、アラレちゃんか。だったら千兵衛のつくったロボットじゃないか。じゃ、アラレちゃん。まだ、知らない歌もあるだろうけど、もっと大きな声で歌って。そうじゃなくても人数が少なくて淋しいんだからさ。間違ったって平気、平気」

英明がそう言った時の笑顔は明るい春の日差しを受けてより一層、輝いて見えた。軽くウェーブのかかったくせ毛を伸ばして脇に流し、ギター片手に高らかに歌う姿は、奈緒子の憧れていた弾き語りの歌手のようだった。英明が奏でるアコースティックギターの伴奏が、自然と人前で歌う恥ずかしさをかき消してくれた。新入部員として入ったばかりなのに、もう部員の勧誘に回っている自分が信じられないような気分だった。

引っ込み思案でまず口を開く前によほど考えなければならなかった奈緒子は、英明が何のてらいもなく話してくれることに驚いていた。特別なことじゃない。何げなく、昔から知った仲間のように接してくれた英明の存在が、奈緒子にとってどれほど心強かったか。高校生の頃、仲良しグループのメンバーだけに限られ、その他のクラスメイトには頑なに閉ざされた心の鍵が英明によって、あまりにも唐突に開かれたように感じた。

「アラレちゃん、もうこの歌、覚えたでしょ。じゃ、みんなが歌えるようにコールしてくれる?」

「えっ、千兵衛さん、コールって何ですか?」

「そっか、アラレちゃんはまだ知らないか。僕がやってみるから、二番からの歌詞はアラレちゃんがやるんだよ」

奈緒子は恋がどんなものかも知らなかった。優しくて包容力のある異性との胸がキュンとするような恋愛を夢見ていた。英明との出会いは、こんな風に突然に始まったのだった。頬をくすぐる春風のようにさわやかな記憶が今でも鮮明に思い出される。頼れる先輩として英明を見つめていた奈緒子が、淡い恋心を抱くようになったのは、いつの頃からだったろう。

それから英明とは都内で学生のうたごえの会議やイベントがあると、同じ私鉄の電車に乗って帰るので自然に親しく話すようになった。教育学部に通いながら将来、学校の先生になるかはまだ決まっていないという英明は奈緒子に言った。

「アラレちゃんは、偉いなあ。だって、中学生の頃には看護婦になるって決めてたんだよね」

電車のつり革につかまりながら英明は黒縁メガネの奥の瞳を奈緒子に向けた。

「そうですか？　看護婦になるって決めてあるからこそ、頑張れているのかなあ。でも、病院実習がきつくて、大学生だったら良かったのにっていつも思ってるんです」

奈緒子は英明だったら緊張しないで話せる。それだけでも救われる思いだった。

「それでアラレちゃんは、何で看護婦になろうと思ったの？　ＯＬになって寿退社って女子が多いのに、看護婦さんみたいな大変な仕事を選ぶ子ってやっぱり少ないと思うよ」

英明が奈緒子に尋ねた。

新しい家の購入で隣の市に転居することになり、中学二年生の夏休みに転校した奈緒子はなかなかクラスに馴染《なじ》めなかった。東京に近いその学校ではもう高校受験に向けた緊張がクラスに漂っていた。それまでは新設校でしばらくは制服もないような自由で伸びやかな学校だったのに、転校先では厳しい校則にしばられて息苦しさを感じていた。クラスの誰とも一言も話せないまま何ヶ月も過ぎていった。

本を読むことだけが救いだったその頃、フローレンス・ナイチンゲールの伝記を読んだ。ランプを持って傷ついた兵士たちを懸命に看護するナイチンゲールの姿に奈緒子は心から感動した。人々のいのちを守るために看護という仕事を確立し後世に残したナイチンゲールの姿が深く胸に刻まれた。

憧れていた社会科の教師が検査入院して、患者のために昼夜なく懸命に働く看護婦の姿を目の当たりにして、すばらしい仕事だと話してくれたこともあって奈緒子は確信した。

こんなにちっぽけな私でも誰かの役にたつことができる。ナイチンゲールのように看護を生涯の仕事としてやりとげたい。奈緒子は淋《さび》しく心を閉ざしながら、将来への夢を抱くようになった。

「私、ＯＬだけは嫌だったんです。自分にはそういう事務的な仕事って似合わないし、どんなにちっぽけな存在だったとしても、誰かの役に立つ一生の仕事がしたいなあって思って」

奈緒子は、きっぱりと英明に言った。

「へえ、誰かの役に立つ一生の仕事かあ、アラレちゃんには負けるなあ。僕なんか、とてもそんなこと言えないよ。いずれ就職活動をしなきゃいけないけど、あえて考えないようにしてるくらいだしね」

英明の表情は少し翳《かげ》ったように見えた。大学は四年もある。ゆっくりと考える事が出来る英明を奈緒子は羨ましく思った。

奈緒子が看護学校の二年生になってまもなく、半年以上続く厳しい病院実習が始まった。内科、外科、小児科、産婦人科、手術室、精神科、保健所などすべての科を回らなければならない。医療現場は息をつく暇もなく忙しく緊張の連続だった。ストレスで円形脱毛症になる友人もいたし奈緒子は便秘に苦しんだ。それ以上につらかったのは、看護学生を邪魔者扱いする現場の看護婦や指導教員の冷たい態度だった。

「そんなことじゃ、あなたなんか看護婦になれないわよ」

学生なのだから、はきはきと機敏に動けるはずがない。うろたえたりとまどったり迷ったり、そんなのが学生なんじゃないのか。奈緒子は頭から看護婦になれないと決めてかかる教員に反発を抱いていた。

　うたごえサークルで一緒に活動していた親友のミーちゃんこと、森下美奈子が突然、部室で練習中に泣き出した。

「ねえ、ミーちゃん、どうしたの」

　奈緒子の問いにミーちゃんは首を振って何も答えなかった。

「実習でいやなことでもあったの？　私だって教務室に呼び出されて、やる気はあるのかって怒られたんだよ。ミーちゃんだけじゃないし、つらいと思うけどもう泣かないで」

　他の同級生もミーちゃんをなぐさめたが、ミーちゃんはしばらく泣き続けていた。奈緒子は元気が出る歌を選曲してみんなで歌った。それで、ミーちゃんの気持ちが少しでも晴れたらと思ったのだ。真っ赤に目をはらして涙でぐしゃぐしゃになった顔をあげて、ミーちゃんはようやく口を開いた。

「あたし、もう看護婦になるのやめた。絶対、いやなの、看護婦になるなんて。私なんか無理に決まってるのよ」

　普段は明るくておちゃめで私たちを笑わせてくれるミーちゃんが、目の前で泣き崩れている。もうそれだけで胸が苦しいのに、ここで夢を諦めてしまうなんて、どんなに辛い思いをしたんだろう。

　奈緒子はそれでもミーちゃんと一緒に頑張りたかった。あともう数ヶ月。歯を食いしばって我慢すれば病院実習も終わる。そして国家試験さえクリアすれば、看護婦になれるのだ。

「ねえ、ミーちゃん、そんなこと言わないでもう少しの辛抱じゃない……」

　奈緒子の目にも涙があふれてきた。

「アラレちゃんがなんて言おうと私、もう決めたの。母に言われるままに看護学校に来ちゃっただけなのよ。まさか、こんなに辛いなんて思ってもみなかったんだもん」

　しばらくして、ミーちゃんはすっかり泣き止んでいつもの明るい顔を取り戻した。決意は固かった。奈緒子はミーちゃんの分まで頑張ると心に誓った。どんなに苦しくても辛くても、この学校を卒業して看護婦になる。奈緒子はミーちゃんとの別れが悔しくて、また大粒の涙を流した。サークルの仲間たちがみんなでミーちゃんを囲んで大泣きした。

「よし、ミーちゃん。看護婦だけが人生じゃないよ。きっぱりやめて、新しい道を探して」

奈緒子も気持ちを切り替えてミーちゃんに言った。泣きながら、とにかくみんなで声を合わせて一緒に歌った。歌うことで気持ちをはらした。

ちょうどその時、英明がサークルの後輩を連れて突然、部室に遊びにきたのだ。英明たちに事情を説明できるような状況ではなかった。英明はあえて奈緒子たちに何があったのかを聞き出そうとはしなかった。ギターを取り出してチューニングを合わせると、奈緒子たちが涙ながらに歌っている曲を奏で始めた。

素直な心のまま　自由に歩いていく
愛する者のため　私の信じた道を
グローイングハート
明日に向かって

奈緒子が大好きな曲のリフレインが、今こそ心にしみて響いてくる。この曲は学生のうたごえの仲間がつくった創作曲だった。こんな時、どれだけ仲間たちの歌に勇気づけられてきただろう。流行《はや》りのアイドルやバンドが切なく甘い恋の歌をうたうのとは違う、人の気持ちに寄り添い、どう生きるかを考えさせる曲がたくさんあった。

ミーちゃんは決して負けた訳じゃない。これから新しい自分の人生を切り開いていくんだ。英明が爪《つま》弾《び》くギターの伴奏が哀しみを癒してくれている。何も聞かず悲しみに静かに寄り添ってくれるようだった。サークルを終えて帰る時、奈緒子はようやく英明にも事情を話せるようになった。

「へえ、そうだったんだ。ミーちゃん、学校、やめちゃうのか。そうとう辛かったんだろうね。それは残念だけど、みんなでミーちゃんを応援してやらなきゃ。いつでもギター持って伴奏するからさ、アラレちゃん、僕に声かけてよ」

英明の言葉は何よりありがたかった。それから奈緒子は英明をただの先輩としてでなく、一人の男性として意識するようになった。

大学の三年生になっていた英明は、学業や就職活動の方が忙しくなったのか、奈緒子のサークルにはあまり顔を見せないようになった。奈緒子はサークルでの相談事などを英明に電話して話すようになっていた。英明の方からもよく電話がかかった。英明の方がおしゃべりで、奈緒子が話したことの揚げ足を取って笑ったりして時には一時間も過ぎてしまうこともあった。

「アラレちゃんて、ほんと面白いよね」

英明はからかうように電話口で笑っている。

「なんでそんなふうに言うの？　千兵衛さんの考えの方がおかしいと思うけど……」

奈緒子はまじめに答えていたのに、英明に茶化されたので口を尖らせた。英明にはありのままの自分を見せることができる。殻にこもって自分の意見なんて言うこともできなかった奈緒子は、他人にこんなに明け透けに心を開くことなどなかったのだ。

英明のことが頭から離れない。どんな時も英明はどうしているだろうと思いを巡らせていた。もしかしたら、これって恋なのかな。少女漫画のような彼氏とは少しイメージが違うけど、そんなことはどうでも良かった。英明の前では自分の心のままに素直になれる。自分がいやでいやで仕方なかったのに、そうでない自分になれたのは英明の存在があったからだ。

夏休みに入ってから久しぶりに英明から電話がかかってきた。特に大した用もなかったようだった。たわいもない話で笑い転げた後、英明はいつものように奈緒子をからかうように言った。

「アラレちゃんてさ、水泳は得意？　夏休み明けに、水泳の試験があるんだよ。ピアノもやらなきゃいけないし、これまでさぼってたツケが一気に回ってきたよ」

そういいながらこれまでは忙しくて緊張感のあった英明の声も、夏休みのせいか心のゆとりを感じさせた。

「私、水泳は苦手なの。二十五メートルも泳げないし。子どもの頃、よく中耳炎になって、プールお休みしてたから息継ぎもできないんだから」

奈緒子は久しぶりの英明からの電話がうれしかった。自分でもはしゃいで話していることがよく分かった。

「ねえ、千兵衛さん、そしたら一緒に海に行きましょうよ。今度の日曜日はどう？　少しは練習になると思うけど」

「おお、それはいいねえ、アラレちゃんのビキニ姿も見たいしな」

まさか自分からデートの誘いをするなんて、信じられなかった。二人だけで会うのも初めてなのに。奈緒子にとって生まれて初めてのデートだった。二十歳になったばかりの奈緒子は躍るような気持ちで初デートの日を待った。

待ち合わせの場所は、英明の最寄り駅の改札だった。日曜日の朝早く人通りも少なかった。黄色いニコニコマークのTシャツに短パン姿の英明が改札口の向こうで手を振っている。こんな日がくるなんて思ってもみなかった。白いフリルが幾重にも重なっているノースリーブのブラウスに、小さな花柄のギャザースカート。大きなつばの麦わら帽子をかぶった奈緒子は胸をときめかせながら、英明の元にかけよった。

「白いブラウスが素敵だね。うーん、でも紫のアイシャドウはどうかな。いつものアラレちゃんの方が可愛いよ」

「もう、せっかくお化粧してきたのに……」

普段はすっぴんでナチュラルな奈緒子も、初デートだから思いっきりめかしこんで英明をはっとさせたかったのだ。でも英明から初めて可愛いと言われてどれほどうれしかったか。その時の胸の鼓動が今でも甘酸っぱく思い出された。

行先は千葉県、房総半島の九十九里浜だった。ぎらぎらと照りつける真夏の太陽の光など押し返してしまうほど、奈緒子の心は躍っていた。英明は以前、同じ看護学校のうたごえサークルのK先輩に告白して失恋したと奈緒子に話したことがあった。英明がこれまで奈緒子に気を留めていた訳ではないことは承知していた。これっきりで終わりになってもいい。ただ一度だけのデートだってデートには変わりない。奈緒子は半ば開き直るような気持ちで初デートに臨んでいたのだった。

バスを降りると海岸には海水浴を楽しむ親子連れやカップルが大勢いた。海の家で水色のワンピースの水着に着替えて、ビーチパラソルの下に座っている英明の背後から、奈緒子は英明を驚かすように大きな声をかけた。

「わっ」

「あれっ、ビキニじゃなかったの。残念だなあ」

「だから、言ったでしょ。そんなセクシーな水着は着られないって」

英明を今、私はこうして独り占めしている。こんな素敵な時間はどれくらい続くのだろう。奈緒子は幸せをかみしめながら、英明の心はここにはないかもしれないという恐れを抱いていた。水泳の練習など波の高い外房の海岸でできるはずもなかった。浮き袋にしがみつきながら英明の腕をつかみ、波に飲み込まれないようにしているだけで精一杯だった。

「アラレちゃん、全然泳いでないじゃない。僕の腕につかまってるだけだよ」

「もう、千兵衛さんたら、私が泳げないの知ってるくせに……」

明るくて可愛いK先輩とは、まるっきり正反対の無口な自分と一緒にいることに英明は退屈していないだろうか。でも、英明も私とのデートを楽しんでくれているはずだ。そう思えた瞬間だった。

帰りのバスの中では疲れて眠った振りをして英明の肩にもたれかかった。かすかな海の香りが漂ってくる。このままずっとバスが終点を告げなければばいいのに。英明は奈緒子の手を握ることも肩を抱くこともしなかった。おそらくきちんと距離を置いておきたいのだというサインではないのかと奈緒子は思った。

　デートの後も二人の距離が縮まることはなかった。英明からは思い出したように突然、電話がかかってきた。あくまでも友だちだと一定の距離を置きつつ話し相手を求めているとしか思えなかったが、奈緒子にはそれでも良かった。

　奈緒子が看護学校を卒業して就職すると、英明は大学四年となり卒論や就活でこれまでのようには余裕のない忙しい日々を過ごしていた。たまにドライブに一緒に行ったり、ショッピングに付き合ってもらうこともあったが、英明の気持ちにはなぜかいつも翳りがあった。それはいったい何だったのだろうか。

　八〇年代前半が青春だった奈緒子たちは新人類だとか、しらけ世代だとか言われた。奈緒子が在学中に看護学校の自治会が、全日本看護学生連盟から脱退する決議を出していたのだが、奈緒子はその意味を知ることもできなかった。

　K先輩や英明は、うたごえサークルで平和の歌をうたうことを強く否定していた。結局、先輩は第九の合唱団に入ってこっそり練習に行っていたし、英明はそんな先輩の肩をもつように奈緒子に言ったのだ。

「べつに音楽で平和を訴えなくたって、いいんじゃないか。他に方法はいくらでもあるんだから」

　奈緒子だって政治のことはよく分からない。でも、ベトナム戦争の犠牲になったベトちゃんやドクちゃん。広島の原爆で犠牲になった折鶴の子。強制収容所で将来の夢を絶たれた少女アンネ。子どもの頃から本を読むのが好きだった奈緒子は、子どもたちが犠牲になった戦争を二度と起こしてはいけないのだと強く思っていた。

　英明が言う他の方法とは何だろうか。平和集会に参加したり、署名活動なんてそう簡単にできやしない。だから、私はみんなと一緒に歌って平和を伝えたい。誰かのために何かしたい。奈緒子はそんな思いから患者の立場に立ち、患者の願いに寄り添う医療機関を望んで、みずぬま協同病院を就職先に選んだのだった。

教員採用試験に落ちた英明は、コンピューター関係の会社に就職したと風の便りに耳にしたが、実際のところは分からないままだった。英明からの電話はここのところ途絶えている。奈緒子は英明とのたくさんの思い出を数えながら、このまま生きていく方向の違う英明を追いかけるのはもうやめようと決めたのだった。もちろん、初恋にけじめをつけるのが容易《たやす》かった訳ではない。英明に会いたいと思う気持ちと、虚しさとが同時に奈緒子の胸を苦しめた。

三 餃子パーティー

夜勤明けの浅い眠りから覚めて頭はまだぼうっとしていた。初夏を迎える午後の明るい日差しが眩《まぶ》しかった。職場の先輩の萩尾さとみは寝込んでいないだろうか。夜勤明けに餃子パーティーをしようと誘ったのは、さとみなのだからきっと忘れてはいないだろう。もしかしたら、もう先に準備に取り掛かっているかもしれない。

奈緒子はさとみがプライベートも含めて付き合ってくれるのをうれしく思った。看護に対するさとみの情熱の裏には誰にも負けまいとする闘争心があった。それは時として相手を傷つける事もあったが、奈緒子にはさとみの考え方がいつも看護をする上での指針となっていた。さとみならこんな時どう考えるのだろう。奈緒子はさとみが顔を強張《こわば》らせたり、にこやかに笑ったりするのを想像しながら自分の行動を見極めていた。

　さとみのアパートは古い木造の二階建てだった。鉄製の階段を上って部屋のチャイムを鳴らした。三回ほど鳴らしてみるがさとみが出てくる気配はない。続けて押してみても、やはり物音すら聞こえてこない。買い物にでも出かけてしまったのだろうか。奈緒子が五回目のチャイムを鳴らそうとした時だった。ドアがようやく開いた。

「あっ、奈緒子どうしたの。なんか私に用でもあった」

　眠気まなこのさとみは奈緒子の顔を見ても約束した事など思い出さないようだった。

「さとみさん、昨日、餃子パーティーしようって、誘ってくれたじゃないですか。まさか忘れてませんよね」

　奈緒子はしょぼくれた顔でさとみに言った。

「あっ、そうだ。そんなこと言ったかもなあ。あっはっは」

　豪快に笑った後、さとみは急に真剣な顔になって部屋のなかを見回した。

「奈緒子、ごめんな。ちょっと待ってて、今、急いで部屋んなか片付けるから。足の踏み場作んないとあかんな」

　さとみはあちこちに散らばった雑誌や本、新聞紙などを寄せ集めた。二間の和室には医療、看護関係の本や様々なジャンルの本があちこちに積み上げられていた。窓際のコーナーには、ジャズのレコードがきれいに収納してある。

「あー、そのレコードは彼が大事にしてるやつ。彼が一番大事にしてたのをあたしが捨てたって決めつけてるんだよね。だから、それ以来、いっさい触らないようにしてるんだ」

　さとみは舌を出しておどけてみせた。

「へえ、新婚さんでもやっぱり喧嘩《けんか》するんですね。なんかいいなあ。さとみさんが羨ましい」

　さとみの左手の薬指にはまだ真新しいプラチナのリングが光っている。奈緒子は喧嘩できるような相手に出会えることを望んでいた。

「餃子の種と皮はもう買ってあるからね。あとは皮に詰めるだけだよ」

「それって、どうやるんですか。私、お料理は苦手だから」

奈緒子は寮住まいで目玉焼きかカレーライスくらいしか作れない。さとみは手際よく餃子の皮に種を包んでいった。

「奈緒子は、ほんと不器用なんだから。ほら、こうやって指に水を付けて少しずつ折りながら、くっつけていけばいいんだから」

餃子の皮を扱うのが、こんな難しいなんて知らなかった。

「これくらいできなかったらどうするの。花嫁修業なんてする必要もないけどね。やっぱり、レパートリー増やしといて損はないよ」

餃子がみるみるうちに、きれいに円形に並べられていく。大きな皿に盛られた餃子が焼かれるのを待っている。奈緒子は夜勤明けで何も食べていなかったので、お腹が急に大きな音を立てた。

「今日ね、一緒にうちの彼も餃子食べるんだけどいいかな」

「やだ、もちろんですよ。逆に私が新婚家庭にお邪魔しちゃってるんですから。今日、さとみさんの旦那さんに会えるなんて、うれしいです。お仕事の方は早く終わるんですか」

「普段は遅いけど、今日はたまたま休みだからね、そのうち帰ってくると思うよ」

さとみの夫は「赤旗」の記者だと聞いていた。中学生の頃、尊敬していた社会科の先生が新聞記者になるのが夢だったと言っていたのを思い出した。社会のことや政治のことにうとい奈緒子は、新聞記者ってどんな人なのだろうかと楽しみにしていた。

奈緒子の実家では読売新聞をとっているので「赤旗」にはなじみがなかったが、職場で周りの人が読んでいるのをよく目にしていた。数年前、まだ看護婦になったばかりの頃、品川で行われた日本共産党後援会主催のオールナイトスケートに誘われて行った。その時、十八歳選挙権について記者から意見を聞かれ、「赤旗」日曜版に顔写真が掲載されたことがあった。それから奈緒子は人に勧められて日曜版だけ購読するようになったのだった。

餃子の皮は奈緒子の手の中でふにゃふにゃと所在なく扱われて、さとみのようなきれいなひだが寄らなかった。三日月型になるはずの餃子はまるでいびつな団子のようになった。

「あ〜あ、奈緒子の餃子はどうしようもないね。小籠包《しょうろんぽう》って感じでもないし、なんて言ったらいいんだろ」

さとみは呆れて言った。

「すいません。旦那さんに見られたら恥ずかしい。さとみさん、どうしよう」

「形より心だって、彼はきっと言うよ」

奈緒子はまだ見ぬさとみの夫に笑われそうで惨めだった。なんで母は私に料理を教えてくれなかったんだろう。奈緒子は料理が苦手なのを母親のせいにした。

その時、突然ドアが開く音がした。

「ただいま」

この人がさとみの旦那さんなのか。白いトレーナーにジーンズを穿いて、うつむき加減にはにかんだように奈緒子を見た。

「あの、お邪魔しています。佐山奈緒子です。さとみさんにはいつも職場でお世話になっています」

奈緒子は緊張して、さとみの夫に挨拶した。

「ああ、奈緒子さんでしょ。さとみから話はよく聞いてますよ。ゆっくりしてって下さい」

朴訥《ぼくとつ》な雰囲気のする夫の吾郎は、色彩のはでなファッションで激しく敵をつくるタイプのさとみとは正反対のようだった。

「ねえ、吾郎も食べるでしょ。今日は餃子パーティーなのよ」

さとみも少しは夫を気遣いながら尋ねた。

「今日は餃子パーティーか、それはいいねえ。ビールがうまそうだ」

さとみより五歳ほど年上で三十路となる吾郎はショルダーバッグを肩から下ろし、あぐらをかいて座卓の前に座った。

丸いホットプレートで焼かれた餃子がにんにくのいい匂いをさせている。さとみがコップの水を少し差し入れると、熱くなったプレートが蒸気をあげて音を立てた。奈緒子は思わず、ごくりとのどを鳴らした。

「さあ、できたよ。奈緒子、早く食べな」

「わあ、うれしい！　いただきまーす」

目の前の餃子が奈緒子とさとみ、吾郎によってみるみる平らげられていく。吾郎はビールのジョッキを傾けて一気に飲み干した。

「あのさ、だいたい真由美には観察とかアセスメントってものがないんだよ。いったい何、考えてるんだか。仕事を早く終わらせて、さっさと帰りたいっていうのが本心なんだから」

さとみは餃子を口いっぱいに頬張りながら、いつものようにいらいらと怒りをぶちまけた。西川真由美の申し送りのことをさとみは言っているのだ。

奈緒子は看護学校で患者を観察することによって得られた情報から、何を考えどう判断するのかを厳しく教え込まれてきた。それはアセスメントと呼ばれて看護の質を向上させるために、必要とされる重要なものだった。

「病院をあれこれ替えて、いろいろな専門分野を極めて、なんだかかっこいいみたいだけど、結局はただの放浪看護婦ってことよ。いやになったら職場をころころ替えれば気がすむんでしょ」

さとみの怒りは止《とど》まることをしらない。このパワーはどこからくるのだろう。こんな時は奈緒子が何を言っても、さとみは自分の意に沿う意見でない限り徹底的に反論してくる。奈緒子はとりあえず、ただうなずくことに徹していた。

「確かにそうかもしれないけど、そうとも言い切れないよ」

吾郎が手に持っていた二杯目のビールジョッキを座卓に下ろして言った。吾郎はさとみの怒りの矛先を変えることができるのだろうか。奈緒子はそばにいながら静かに二人の議論の成り行きをうかがっていようと思った。

「放浪だなんて言うけどさ、内科とか外科とか、いろいろな看護の専門性を高めていく事だってできるんじゃないのか」

　吾郎はあくまでも穏やかに冷静に餃子に箸《はし》を運びながら言った。

「そうだったら、何の問題もないわよ。そうじゃないから言ってるんじゃない。効率優先なのよ、あの子は。ねえ黙ってるけど奈緒子、あんたはどう思うの」

　こんなふうに他人を攻撃するような口調の時のさとみに意見を聞かれるとどきっとする。

「はあ、まあ、確かに……」

　奈緒子にも、真由美の行動や言動におやっと思うことはあった。点滴を終了後、針を抜く時に必要なアルコール綿を、あらかじめ点滴ボトルの上に置いておくように注意されたのだった。

　これまで奈緒子はアルコール綿を出来るだけ清潔を保っておきたいので、必要な時にナースステーションから病室まで持って行っていた。何度も長い廊下を往復するのは時間のロスではあったが、奈緒子は真由美の指示に従う気持ちにはなれなかった。

　ただ、真由美は奈緒子の先輩で年上だから何も言えないでいたのだ。そんな自分でいいのか。奈緒子は事を荒立てないようにするためにずっと黙っていたのだ。さとみの厳しい問いに奈緒子は答えに窮していた。

「奈緒子、あんたにも忠告しておくけど、あたしはね、どんなに忙しくても看護の質を高めていきたいの。手抜きの看護に流されちゃだめだからね」

「そうですよ。私だってそのつもりですよ」

「だったら、ちゃんと真由美に自分の意見を言いなさいよ。黙ってたら看護はどんどん質を落としていくんだからね」

　さとみの言葉が奈緒子の胸に突き刺さった。納得いかないまま黙っている事は、質の低下に加担しているのと同じなのだ。奈緒子はこれまで自分が忙しさを理由に、看護を怠ってきたことをさとみの指摘によってまざまざと突きつけられた。

何か言いたそうにしている患者さんの顔を見ていながら、もし今ここで話しかけられたらそれに時間を取られてしまうと思って、目をそらしてしまっている自分がいた。

――ほら、そこで足を止めて患者さんの声をしっかり聞きなさいよ。トイレに行きたがっているかもしれないわよ。

聞こえてきた心の声を奈緒子は気にとめようとはしなかった。

――いいの、いいのよ。どうせ、あの患者さんはトイレに行ったって空振りで何も出ないんだから時間の無駄よ。それより優先すべき仕事を片付けないと。

その声は奈緒子を引き止める声よりも次第に大きな声になっていった。効率を求める真由美と自分の何が違うのか。何も違わないのではないか。

ホットプレートに食べ残された餃子が一つ。それは明らかに奈緒子が皮を包んだ団子のようなやつだった。

「これは誰が作ったの」

最後の餃子に箸を伸ばしたのは吾郎だった。

「はい、あの私が……」

奈緒子は気まずそうに言った。

「そうよ、奈緒子に決まってるじゃない」

こんな時、さとみのあっけらかんとした言葉が奈緒子を驚かせる。

「そうか、餃子がいびつだって心がこもってればうまいんだよ。まずは美味しく食べてもらいたいっていう気持ちが大事じゃないのか。見かけの問題じゃないんだよな。少なくとも僕はそう思うね」

ビールの酔いが回ってきたのか、それとも元々そうだったのか、吾郎の語り口調はだんだん滑らかになってきた。

「ほらね、あたしが予想してた通りの答えが返ってきたじゃない」

さとみはまた豪快に笑う。

「ほんと、慰めてもらってありがとうございます」

奈緒子は恥ずかしくて頬が赤くなった。吾郎は一呼吸おき改まった口調で問いかける。

「そもそも、なんでそんなにすぐ辞めてさまよい歩くナースが出現するのかってことは考えたのかい？辞めたくなるようなきつい仕事だってことだろう」

「そりゃあ、もちろんそうよ。看護婦の仕事は３Ｋだってさ。きつい、汚い、危険、三拍子揃って誰もやりたがらないって訳よ」

さとみは日頃のうっぷんを晴らすように声高に言った。

「私、中学生の頃に看護婦になりたいって思ったんです。ナイチンゲールの伝記を読んで苦労しても人の役にたつ仕事がしたいと思ったし、尊敬していた社会科の先生が入院した時に、看護婦の仕事を目の当たりにして感激しながら、素晴らしい仕事だって話してくれたんです。たしかにやりがいのある仕事だし、人と関わることが好きだから看護婦の仕事は嫌いじゃないですけど……」

奈緒子はそこまで言って口ごもってしまった。さとみや吾郎を前に自分のことを語るほど自信がない。

「嫌いじゃないけど、何なのよ」

さとみのつっこみはこんな時も容赦ない。

「ほんとはね、もっと患者さんにしっかり向き合って、患者さんの思いを聞ける看護婦になりたいんです。でも点滴したり処置をしたり、業務ばかりを優先しなきゃならない。いつのまにか、追われるように仕事をしている自分に気がつくんです。耳をふさいでしまっている自分がいやになるんですよ」

奈緒子はだんだん感情が胸に込み上げてきて泣きそうになった。

「そんなのは奈緒子だけじゃないよ。理想と現実とのギャップに、どの看護婦も苦しんでいるんだから」

さとみは先程より少し声のトーンを落として言った。悔しい思いを怒りのパワーに貯えていくのがさとみ流だとすれば、奈緒子はその気持ちを発散できずにどんどん胸にため込んでいく。

「あたしね前の病院にいた時、すごくつらい経験をしたんだ。まだ吾郎にも言ったことなかったよね。その人はあたしが初めて受け持ちになった三十代で胃癌《いがん》の男性患者さんだった。一度は手術して胃を全摘したんだけどね、その後、癌が肺や肝臓にも転移してることが分かって、もう手の施しようがないって。激しい痛みに苦しんでいつも暗い顔をしてた。病名も告げられてなくて、あたしは看護婦としてどんなふうに関わっていけばいいのか分からなかった。それで忙しいことを理由に彼の病室から、どんどん足が遠のいてしまった……」

いつもとは違って伏し目がちに語るさとみは、目を潤ませていたようで一瞬、天井を仰いでからまた話し始めた。

「彼は島田明雄さんっていうんだけど、強い痛みに耐えきれなくて鎮痛剤の注射を打ってくれってナースコールがあったんだ。二時間以上経たないと注射できない薬で、まだ三十分しか経ってなかったから、今はまだ打てないんですって言うしかなかった。明雄さんはそう言うだろうと思ったよって吐き捨てるようにあたしに言った後、どうせ俺は死ぬんだろ、はっきりそう言ってくれよって静かに半分悟ったようにつぶやいた。告知していない以上、あたしから本当のことなんて言えない。担当の医者は余命一ヶ月だって家族には伝えてたんだ」

奈緒子はさとみの話に聞き入っていた。自分がもし、そんな場面に出くわしたら何て言うんだろう。そんなことありませんって言うくらいしか思いつかない。

「あたしね、明雄さんに何も言えなかった。否定できなかったんだよね。あなたは死んだりしない。だからつらいけど頑張って下さいって、きっぱり言うべきだった。明雄さんは激痛に耐えながら死を間近に感じてた。今は、麻薬を使って痛みを抑える事ができるようになってきたけど、その頃はまだ一般的じゃなかったからね」

さとみはそう言うと大きなため息をついた。

奈緒子も吾郎も黙って口を挟まずに、さとみの話に聞き入っていた。

「明雄さんはあたしに言ったんだ。おふくろにとうとう親孝行できなかったなあって。苦労したお母さんを楽にさせてあげたかったんだよね。きっと元気になってお母さんに親孝行してあげて下さいって言うくらいしかなかった。それから半月くらい経って夜勤に出てきた時、明雄さんは突然いなくなってた。信じられないことが起こってたんだ……。病室の窓から飛び降り自殺したの」

「えっ、まさか！　本当に？」

奈緒子はつい驚いて言ってしまった。

「次に話す時はこう言おうって、ずっと考えてたのに。あたし、明雄さんを最後まで支えることができなくて、ほんとにショックだった。看護婦失格だって自分を責めてきたんだ。もう辞めるしかないと思った。未だにどうすれば良かったのか、ずっと考え続けてる」

さとみは遠くを見つめるようにして、しばらく黙っていた。奈緒子もさとみの辛い告白を聞いて、自分だったらどうしただろうと思った。看護婦として少しでも患者の力になりたいと思っても、何をすることもできない無力な自分に気づくだけなのだ。

「そんなことってあるんですね。私だってどんなふうに話したらいいか、全然わかりません。もう三年目になったけど、いつも自分自身に背を向けて仕事しているように思えてすごく辛いんです。こんな状態で看護婦続けられないんじゃないかって真剣に考えてて……」

奈緒子はさとみの話を聞いて、これまでずっと胸にため込んできた苦しい思いをつい吐き出してしまった。さとみは辛い経験をしたからこそ、二度と同じことを繰り返したくないと厳しく看護を追求しているのだ。奈緒子はさとみの気持ちに応えられるような看護を目指したいと思いながら、そんな自信はまったく持てなかった。

「ふーん、そうか。そんなに自分を責めなくていいんじゃないかなあ。だいたい夜は四十八人の患者をたった二人の看護婦が見なきゃいけないっていうんだから、それだけだって信じられないくらい少ない体制だと思うよ。そんな中で懸命に頑張っている看護婦さんは、それだけでも立派だと僕は思うね。これは確か、さとみから聞いたと思ったけど、アメリカでは、夜勤体制も日勤の体制と同じように看護婦が配置されてるんだろ。入院期間は日本とは比べものにならないほど短いらしいけどね」

吾郎の話は奈緒子もさとみから聞いたことがあった。欠員状態でなくとも夜勤は二人と決められ、それ以上の配置は難しいのが現実だった。日勤の体制だって看護婦六、七名しかいないのだ。予定の入院の他に、緊急入院も受け入れ、急変したり死亡する患者もいて、いつも目まぐるしく突発的な業務が発生しているのだった。

「そうそう、吾郎の言うとおり。奈緒子、考えてもみなさい。看護婦の体制が少なかったら、患者の安全を守ることだって難しいに決まってるじゃない。あんたが自信をなくしてどうするの。アメリカみたいに夜勤が日勤と同じ数だけいたっていいはずよ。今ね、看護婦不足で業務が回らないからって、申し送りを廃止してる病院が出てきてるらしいわ。確かに申し送り時間には一時間近く取られてるけど、それをなくすなんて考えられる？　そんなの絶対にありえない。ねえ、奈緒子はどう思うの」

「はあ、申し送りをなくすんですか……」

さとみの話は奈緒子の思考回路にはついていけないほど、いつも先へ先へと進んでいった。しんみりした患者との思い出話が終わったら、今度は怒りモードのスイッチが入って、申し送りの廃止が始まっているという。奈緒子は餃子を食べてお腹もいっぱいになり、夜勤明けであまり寝ていないので頭の回転も鈍くなっていた。

「おいおい、さとみ。あんまり奈緒子さんを追い詰めちゃだめだよ。眠そうにしてるじゃないか。それじゃあ、夜勤明けの二人に豆を挽《ひ》いて美味しいコーヒーを飲んでもらおうかな」

吾郎は豆をコーヒーミルの中に入れて、ぐるぐるハンドルを回し始めた。ぐいぐいと自分のペースで話を進めていくさとみに対して、吾郎は冷静に違う方向から一緒に問題を見つめてくれている。一人だと煮詰まって解決の糸口さえ見つけられない時もあるけれど、こうして二人で互いに高めあえるような男性に出会えるだろうか。

「さあ、出来たよ。奈緒子さんもどうぞ」

さとみが持ってきたコーヒーカップに、香り高いコーヒーを吾郎が注いでくれた。

「この人の淹《い》れるコーヒーは絶品なの。あたしはいつも飲むのが専門なんだ」

さとみのマグカップは自宅でも真っ赤でとびきり大きい。吾郎のは小さくて雰囲気のある素焼きのカップだった。別に揃っていなくたって妻の方が大きくたっていい。互いの個性をしっかりと主張しつつ、尊重しあえる関係なのだと思った。

「ねえ、ところで奈緒子って彼氏いないの。いるんでしょ」

さとみがやぶからぼうに尋ねた。

「えっ、あのう、私、彼氏に振られたんです。さとみさんと吾郎さんみたいな夫婦っていいなあって今、思ってたんです」

奈緒子はさとみに初めて失恋を打ち明けた。

「そっか。じゃあ、奈緒ちゃんにいい人を紹介しないとね」

吾郎は冗談めかして言うと、二杯目のコーヒーの豆を挽き始めた。

四　看護覚え書

カンナ寮の狭い部屋の窓際で、奈緒子は机に向かってレポートをまとめていた。午後二時を過ぎて、窓からの日差しが眩《まぶ》しく差し込んでいる。夜勤明けの休みはのんびりと昼頃まで寝て過ごすのが常だった。

窓を開けると、病院の駐車場に出入りする車が見える。鮮やかな赤い色の真新しい車があちこちに停められていた。奈緒子も自動車教習所に通い始めたのだが、予約がいっぱいで三交代の勤務をやりくりするのが難しく中断してしまっていた。友人たちの間では教習所に通いドライブするということが、まるで当たり前のように語られていた。

奈緒子は免許取り立ての大山英明にねだって彼が運転する車の助手席に座り、相模湖までドライブしたことを思い出した。今はもう再び、英明とドライブすることもないだろう。ただ、英明から誘われれば、それを断わる自信が奈緒子にはない。どこかでまだ英明を求める気持ちが残っているのだった。

手元には看護学生時代に手に取ることがあまりなかったフローレンス・ナイチンゲールの著作『看護覚え書（Notes on Nursing）』が開かれている。十九世紀、クリミア戦争で活躍しイギリスの衛生改革を果したナイチンゲールは、看護婦の代名詞とも言えるほど有名な女性だ。奈緒子は中学生の頃に伝記を読んでいたものの、看護学校では詳しく学ぶことはなかった。写真でみるナイチンゲールは、口元をきっちりと結び優しさというより鋭く刺すような視線でこちらを見つめていた。「看護であること、看護でないこと（What It Is, and What It Is Not）」というこの本のサブタイトルが何を意味しているのか、奈緒子にはまだ想像もつかなかった。

みずぬま協同病院の看護部では、看護講座と事例検討会という自主的な学習会を毎月開催していた。メンバーの持ち回りでレポーターを決めて、みんなで討議し合うという学びあいの場だった。アドバイザーは池田藍子看護部長だ。戦争中は中国東北部の「満州」で従軍看護婦をしていたと聞いていた。まるでナイチンゲールのように眼差しは鋭く厳しいようだが、いつも温かく声をかけみんなを気づかってくれる人だった。

看護講座でナイチンゲールの『看護覚え書』を学ぶことになったのは池田看護部長の提案だった。ヘンダーソンの『看護の基本となるもの』、オレムの「セルフケア不足看護理論」、ロイの「適応理論」など、アメリカで看護の理論家たちが様々な看護理論を開発していた。

医学が専門分化しながら高度に発展していくのを追いかけながら、看護は決して医学の同伴者ではない、医学とは独立した科学であると自己主張しているように思われた。アメリカの看護理論を学んでいなければ最先端をいく看護婦ではない。そんな風潮があるなかでナイチンゲールの理論はいかにも古めかしく感じられ、看護雑誌にもあまり取り上げられることはなかった。

奈緒子は今晩、予定されている看護講座のレポーターを務めることになっており、序章の部分を担当していた。奈緒子の丸い文字がレポート用紙を少しずつ埋めていく。参加メンバーは同じ病棟の先輩である萩尾さとみなど、気心のしれた看護婦ばかりだったので、奈緒子はさほど緊張した気分にもならなかった。

病院の東側の一番端の更衣室の隣に、五十人くらい入れる会議室があった。看護講座に集まるのは十名くらいだろうか。奈緒子はレポート用紙一枚に『看護覚え書』の序章についてまとめ、最後に自分の感想を書いた。午後六時から始まるので早めに行って人数分コピーして準備しておこうと思った。

長机と折りたたみ椅子が向かい合わせに配置された会議室で一人待っていると、最初に入ってきたのは池田看護部長だった。ふっくらした小柄な体型だが、いつ見ても背筋がピンと伸びていた。足の運びは定年に近い年齢とは思えないくらい早足なのに驚かされる。敗戦後、十三年もの長い年月を中国の八路軍に留用され婦長を務めたと聞いた。そうした経験が池田看護部長の立ち居振る舞いにも、現れていると奈緒子は思った。

「あら、佐山さん早いわね」

「ええ、今日はレポーターですから、準備しておかないといけないと思いまして」

「それはご苦労様。今月から『看護覚え書』だったわね。佐山さんのレポート、楽しみにしてるわよ」

「はい、ありがとうございます」

歯切れよく語る池田看護部長の温かな励ましがうれしかった。思えば、みずぬま協同病院に入職することにしたのは池田看護部長の熱心な誘いがあったからだった。部長に出会っていなかったら、ナイチンゲールを学ぶこともなかっただろう。奈緒子はこの病院に就職してから、自分が自分らしくいられるような心地よさを感じていた。それは何より、職場から温かく迎え入れられ、さとみのような信頼できる先輩の存在があったからであり、患者の立場にたった医療や看護を目指している池田看護部長の存在があったからだと奈緒子は思った。

参加メンバーは若手の看護婦が中心だった。五つある病棟から、それぞれ一人か二人が勤務を終えて集まってきた。二階東病棟だけは毎回、誰も参加できなかった。仕事がなかなか終わらず残業続きだったからだ。カンナ寮では隣の部屋で同期の城田玲子も顔を見せることはなかった。看護講座に参加したいと奈緒子には言っていたが、残業もあるし彼氏とのデートが忙しいのかもしれない。

奈緒子は玲子が看護の仕事の面でも私生活においても、人の注目を引く華やかさがあることを羨みながら、その一方で妬ましい気持ちになるのを心のどこかで感じていた。奈緒子には夜空の片すみできらりと輝く星のように、誰かの目にとまるような生き方をしたいという思いがあるのだった。

日勤の勤務時間は八時三十分から十六時三十分までだが、看護講座が始められたのは十八時を過ぎていた。仕事を終えて駆けつけた先輩のさとみが奈緒子の隣の席に座った。

「奈緒子、頑張ってな」

　さとみが奈緒子の背中を叩いた。もし、しどろもどろになってもさとみや部長がフォローしてくれると思うと奈緒子は心強かった。

「お疲れ様です。それでは皆さん、集まったようですので、これから看護講座を始めたいと思います。今日からナイチンゲールの『看護覚え書』を学習していくことになっています。佐山さんがレポーターですので、どうぞよろしくお願いします」

　池田看護部長が口火を切った。参加者は『看護覚え書』の白い表紙を開きながら、みな奈緒子のレポートに目を落としている。奈緒子は緊張していたが、息を一つ吐き気持ちを落ち着けて話し始めた。

「では序章のレポートを報告したいと思います」

　序章にはナイチンゲールがこの本を書いた主旨が述べられている。版を重ねるたびに加筆訂正がされているが、初版が発行されたのは一八六〇年だから、もうすでに百二十年を超える年月が経っている。看護の古典としてこれまで世界中で看護婦に読み継がれてきたのは、そこに変わることのない看護の真理が説かれているからだろう。

　ナイチンゲールは、この本のことを看護婦に看護を教える手引書ではないと述べている。「他人の健康に責任を負っているすべての女性たちに、考え方のヒントを与えたい」という目的で書いたと言うのだ。女性たち全般に向けて健康管理するための考え方を書いたのが『看護覚え書』なのである。

「ナイチンゲールはまず、病気とは回復過程であると述べています。病気につきものと思われている苦痛の原因は必ずしも病気によるものではない。つまり、病気とは毒されたり衰えたりする過程を癒そうとする自然の努力の現れであり、それは何週間も何ヶ月も何年も以前から気づかれずに始まっていて、このように進んできた以前からの過程の、そのときどきの結果として現れたのが病気という現象なのであると述べています。

　そして病気につきものだと考えられている症状や

苦痛などが、実はその病気の症状などではけっしてなくて、まったく別のことからくる症状、すなわち、新鮮な空気とか陽光、暖かさ、静かさ、清潔さ、食事の規則正しさと食事の世話などのうちどれかまたは全部が欠けていることから生じる症状であることが非常に多いと指摘しています。

看護というのは薬を飲ませたり、湿布を貼ったりするような程度のことではなく、新鮮な空気や陽光、暖かさ、清潔さ、静かさなどを適切に整え、これらを活かして用いること、また食事内容を適切に選択し与えることだと述べています。こうした患者の生命力の消耗を最小にするよう整えることが看護だと言います。

看護とは何かを述べたナイチンゲールの言葉に、私は新鮮な驚きを感じました。特に病気というのは回復過程であるという病気の捉え方です。身体は病気に無抵抗でいる訳ではなくて、確かに自然に自ら病気を治そうとして闘っています。消耗を最小限にして自然治癒力が発揮されるようにすることが看護なのだという言葉に、私たちが日頃、何気なくしているケアの意義を再認識したように思いました」

奈緒子はレポートの発表を終えて、ほっとしていた。序章は『看護覚え書』でナイチンゲールが一番、伝えたかった要旨が述べられている部分である。サブタイトルである「看護であること、看護でないこと」の答えがまさにここに書かれていると言ってもいい内容だった。

「佐山さん、発表ありがとうございました。では、皆さんからも感想とか意見を出してください。じゃあ、萩尾さん、どんなふうに感じましたか」

池田看護部長が先輩の萩尾さとみに意見を求めた。

「私は確かにナイチンゲールのいうのは看護の基本中の基本だと思うんですけど、そういう結論にたどり着いたのはどうしてなのかという点に疑問を感じました。クリミア戦争では、患者のために必要な物資や食べ物を調達するのに、軍の組織と闘わなければならなかったようですけど、一般的な家庭の暮らしのなかで、女性たちはそんなに無頓着《むとんちゃく》だったたんでしょうか」

「なるほど、そうよね。今は当たり前すぎて、なんでナイチンゲールがそこを強調したのかが、分からないような気がしますね。戦場じゃなければ、そんなにこだわらなくても良さそうだわね。他にはどうかしら」

池田看護部長が意見を求めると、参加者の一人から発言があった。四階の内科系の病棟の看護婦だった。

「ロンドンでは十歳以下の子どもたちが毎年二万五千人以上も死んでいて子ども病院が必要であるという議論に対して、ナイチンゲールは家庭衛生の欠陥を指摘していますよね。当時はきっと今のようなワクチンもなかったと思うから、感染のリスクが高かったんじゃないですか」

奈緒子も医学がまだ現在のように進歩していないことを考えれば、死亡率が高いのも頷《うなず》けるように思えた。

「まあ、確かにそうだと思います。ロンドンだけで二万五千人以上ですからね。相当な数だわね。でも皆さん、大変良い気づきができたと思いますよ。今日、私は二冊の本を持ってきたんです。ナイチンゲールがどうしてここまで新鮮な空気や暖かさや清潔さなどにこだわったのか、その背景が分かると思いますので、紹介させて下さいね」

池田看護部長は何度も読み返されたであろう古い文庫本を手に取って紹介してくれた。

ナイチンゲールは病気とは何か看護とは何かを提起しながら、それに聞こえてくるだろう反論に対して、頑なに抵抗するように『看護覚え書』の文章を書いている。ナイチンゲールには敵が多かったのかもしれない。奈緒子は池田看護部長が紹介してくれた二冊の本を買って読むのが楽しみだった。

看護講座が終わって散会になり、奈緒子はペンケースを手提げかばんにしまった。会議室の時計はもう夜の八時半を回っている。会が終わって病棟に戻ったさとみが白衣から私服に着替えて会議室にまた戻って来た。

「奈緒子、ラーメン食べに行こうよ。洋子さんもやっと仕事が終わったから一緒に夕食、付き合ってくれるって」

ラーメン龍は病院の西側の駐車場のすぐ隣にあった。赤いとんがり屋根に緑色の龍のイラストの看板が可愛らしく描いてある。ラーメンや軽食、コーヒーなども出してくれる店で、夜遅くまで営業している店内には大画面のテレビも設置されていた。田んぼや畑に囲まれた病院の周辺には、店がなかったのでラーメン龍は食事時にはかなり混雑していた。

看護講座が終わってから、さとみや職場の仲間たちとここでおしゃべりするのが楽しみだった。今日は洋子もいるから話も弾むだろう。奈緒子はレポートの報告を終えてほっとした気分だった。

店にはもう他の客の姿はなかった。さとみは真っ赤な地の花柄ブラウスにブルーのフレアスカートで相変わらずの派手なファッション。肝っ玉かあさんの洋子は白いYシャツにジーンズという若々しいラフな格好だった。

もう一人、ラーメン龍に現れたのは奈緒子の一年後輩の松島香織だった。四国出身の彼女は幼い頃に両親を病気で亡くし、祖父母に育てられたという。どんな時も我慢強く弱音を吐かない逞しさがあった。鼻筋の通った美人で奈緒子とはとても気が合い一緒に旅行したりする仲でもあった。彼女はカンナ寮の一階の部屋に住んでいる。今日は夜勤明けで寝ていたので看護講座には参加できなかったが、ラーメン龍には顔を出してくれたのだった。

「あー、お腹すいた。あたし、坦々麺《たんたんめん》。洋子さんは」

「そうね、私はチャーシュー麺にするわ」

四人でテーブルを囲むとメニュー表を手に取ったさとみが真っ先に注文を決めた。こんな時、いつもまったく悩むことのない即行の決断を下す。洋子も、せっかちなところはさとみに似ている。

「あんたたちはどうすんの。早く決めなさいよ」

「うーん、でも、どれも美味しそうだから迷っちゃうなあ」

奈緒子はまだ決められずにいる。香織は几帳面《きちょうめん》な性格で家計簿をしっかりつけて、将来の結婚資金を貯めている。

「じゃ、わたし、塩バターラーメンで」

奈緒子は香織に先を越されてしまった。いよいよ、焦った末に決めたのは五目チャーハンだった。バイトの女子高校生が注文を取りに来ると、さとみがみんなの注文を迷うことなく早口で告げる。

「坦々麵にチャーシュー麵、塩バターラーメン、五目チャーハンね。それと餃子二人前と、春巻き二人前お願いね。あっ、これはあたしのおごりだから気にしないで」

「あら、さとみさん、ごちそうさま。いつも悪いわねえ」

洋子はすぐに礼を言った。さとみはいつも気前よくみんなにおごってくれる。のんびり屋で、てきぱきと行動できない奈緒子は、先々まで気を回して事を進めていくさとみについていけないことも多かった。

「今日は仕事、忙しかったですか」

奈緒子は日勤だったさとみと洋子に尋ねた。

「予定入院だけだったたし、落ち着いてたんじゃない」

さとみが洋子の顔をみながら言った。

「まあ、それほどでもなかったけどね。だけど、あたし院長に喧嘩ふっかけちゃった」

洋子はちょっと得意げな顔をして、院長とのやりとりについて、みんなに打ち明けた。

「言ってやったのよ、あたし。だってそうでしょ、馬鹿にすんなっていうのよ。あたしがディスポを使ってたらさ、ガラスにしなさいよって言うんだから。そんなに言うなら、あたしの給料から差し引いて下さいって、きっぱり言ったわ」

洋子の話はあまりの興奮と早口の為に、最初はなんのことか理解できなかったが、さとみはすぐ内容を把握したようだった。

「そうだ、洋子さん、よく言った。当然のことだから、何の問題もないよ」

さとみはバイトの高校生が持ってきたばかりの

坦々麺をすすりながら言った。事態を理解してない奈緒子は話題から取り残されていた。隣の席の香織は分かったのだろうか。スープをすすっている顔には驚きもないし、ただ空腹を満たすことだけに集中しているようだった。せっかちでどんどん話題を移していく洋子とさとみのおしゃべりに、いつも奈緒子と香織は付いていけないのだ。

「あの、洋子さん、今言った事って、どういうことなんですか。院長に何か反論したんですか」

奈緒子は話題が先に進んでしまわぬうちに確かめておきたかった。

「そう、そう。ナースステーションで抗生剤の注射を準備していた時にね。武藤院長が入ってきたのよ。それであたしの手元を見て、まるで小姑《こじゅうと》みたいにガラスの注射器を使えって言う訳。時間もないし、ついつい言い返しちゃった。院長ったら、むっとした顔してあたしをにらみつけたんだから」

洋子はさとみの反応にほっとしたのか少し落ち着いた様子で詳しく説明した。一回だけの使用で捨てるプラスチック製のディスポーザブルの注射器は、感染の危険性が高い採血の時だけと院内で決められていたのだ。

ガラスの注射器はステンレスのカストの中に滅菌されて入っている。カストの重い蓋《ふた》を開け長いセッシ（ピンセット）を使い注射器の内筒と外筒の両方を挟んで、清潔に取り出さなければならない。抗生物質の注射に使う二十ミリリットルの注射器は重くて持ち上げるのにも力がいるし、手の力がゆるんで落とせば割れてしまう。使い回しのきくガラスはコストから考えれば安上がりなのだが、時間のない業務のなかで、ガラスの注射器を扱うのは煩雑な仕事なのだった。奈緒子も香織もようやく洋子に起こった事態を理解する事ができた。院長が経営の数字を気にして言ったのは明らかだった。

「うちの病院がオープンしてまもなく若葉台病院がつぶれたんだから、院長の気持ちも分からないではないけどね。だからこそ、看護婦を大事にしてほしいじゃない。看護婦あっての病院だってことを忘れるなってこと」

　さとみは春巻きをほおばりながら、落ち着いた口調で言った。

「だけど、若葉台病院って、どうしてつぶれちゃったんですか。一度、支援に入っている知り合いの看護婦に頼んで見学させてもらったんですけど、うちの病院とは比べ物にならないくらい立派な病院でしたよ」

　奈緒子はさとみに尋ねた。若葉台病院は江戸川を挟んで隣接する千葉県にあった。一九八〇年代半ばの同時期にオープンしたが、一年も経たずに倒産状態になったのだった。三百床をもつ総合病院でみずぬま協同病院にはない産科や小児科病棟もあった。今は全国から支援の職員が入って病院を存続できるように守っている。

　奈緒子が見学した時に驚いたのは、リハビリ室とは別にまるで体育館を思わせる専用の広い運動設備があったことだった。糖尿病患者などのために使われると聞き、羨ましく思ったのだった。開設当初は高額な医療機器もたくさんリースしていたらしいが、それらのほとんどはもう病院には見当たらなかった。

「いろいろ経営的な問題もあったんだろうけど、医者や看護婦が集まらなかったっていう話らしいよ。うちの病院だって看護婦が辞めていなくなったら、倒産するかもしれないんだから」

　さとみは深刻な顔つきで言った。

「まさか、そんなことないですよね。四国から出てきたばかりなのに……」

　香織はさとみの話を聞いて強い不安を抱いたようだった。ラーメンをすする手を止めて香織はまっすぐにさとみの顔を見た。もちろん、奈緒子も同じ気持ちだった。世の中は景気の良い話ばかりで病院が倒産するなんて考えられないことだった。だが、欠員状態が長く続いている状況を考えれば、若葉台病院のことは他人事ではなかった。

　きつい、汚い、危険な3Kと言われ敬遠される看護婦の仕事を選ぶ若者は少なかった。奈緒子も親しくしていた友だちから、看護婦って汚い仕事をするんだと言われたことがあった。看護婦国家試験は年に二回、春と秋に実施されていたが、それでも追いつかないくらいだった。それに看護婦になっても仕事がきつすぎて長続きせず、辞めてしまう者が大勢いるからだ。

「今年の冬のボーナス、どうなるんだろ」

洋子がラーメンを食べ終えて、タバコに火をつけながら言った。

「奈緒子、ちゃんと組合でボーナスもらえるように頑張ってな。みんなボーナスを当てにしてローン組んでるんだし、これ以上、看護婦辞めさせないでよ」

「そうよ、奈緒ちゃん、あたしも応援してるからボーナスよろしくね」

さとみや洋子に励まされても、奈緒子には頑張れる自信がなかった。

「はあ……、そうですね」

昨年の秋から組合の執行委員になったものの、夜勤もあってなかなか会議にも出られない。会議に出ても話の内容についていけないことが多かった。奈緒子は特に団体交渉で発言するのがつらかったのだ。

管理部を相手に大勢の前で発言することほど緊張することはなかった。そもそもどんなことを発言すればいいのかさえ、思いつかない。奈緒子は労組の執行委員にさせられたことを後悔していたのだった。発言力のない自分が情けなかった。

現場の厳しさは実感している。管理側には武藤院長も池田看護部長もいる。だからということでもないが、奈緒子は声高らかに要求をつきつけて闘うようなタイプではなかった。さとみのような発言力のある人が労組で活躍すればいいのにと奈緒子は思った。

看護婦不足で、もしかしたら病院が倒産するかもしれない。そんな時に自分はどう行動すればいいのだろうか。もし、病院がつぶれたら他の病院に就職すればいい。だが、患者さんや地域の人たちにとっては大変な事態になる。奈緒子は気にかけていた菅谷タネさんの顔が頭に浮かんだ。

「奈緒子、早く食べないと閉店になるってよ」
声をかけられ、奈緒子はチャーハンの最後の一口をほおばった。

五　赤と青

朝のナースステーションは、いつも緊張に包まれている。ナースコールを知らせる白鳥の湖のオルゴールの曲がまるで輪唱のように耳の中にこだまし、心のなかをざわつかせた。夜勤の時には気になる心電図モニターの音は、職員の話し声やナースコールでかき消されていた。

早番の看護婦がナースコールの対応をする間、それ以外の看護婦は皆、夜勤者からの申し送りを聞く。奈緒子は日勤で申し送りを聞く側だった。AチームとBチームに分かれ、テーブルを挟んで夜勤者と対面している。

テーブルの上には、患者一人ごとに一枚の青いアクリルの温度板がベッドの順番に積み上げられている。A3サイズの紙の右半分は体温、脈拍、血圧などのバイタルサインが、線グラフになっており、左半分は医師の指示が書かれている。検査、点滴、抗生物質、吸入、インスリン注射、その他、様々な処置が記入される。入院患者の半数以上には点滴や注射があった。早番の看護婦が午前中いっぱいかかり、ようやく終えるくらいの量だ。

温度板の隣に置かれたカーデックスと呼ぶ薄緑色の大きなバインダーには、患者一人一人の看護計画が書かれている。どんな観察をするのか、合併症を予防するケア、糖尿病や透析の教育指導計画などが立案されている。個別性に合わせて細かく計画を立てる事が、看護の質を高める事につながる。医師の指示を間違いなく、もれなくやるだけではない。看護婦が看護婦の裁量で実施する看護実践を自信をもってやりたい。それは多くの看護婦の願いだった。

テーブルに積み上げられた青い温度板と、薄緑色のカーデックス。そして夜勤者の背後の壁の棚には青い医師カルテと、赤い看護カルテがそれぞれ分かれて並んでいた。いつもの見慣れたこの光景を奈緒子は今、改めて見つめ直していた。

医師カルテには検査データや医師の診療記録が入っており、看護カルテは看護記録だけが入っている。誰が青と赤の色を決めたのだろう。入院患者が皮膚科など他の科を受診する時には医師カルテを回すことになっており、便宜上、分けられたとも言えるが、看護が自立を求めて赤いカルテを選んだようにも思えた。

今日、私にはどんな看護ができるんだろう。何か一つでもいい。点滴でも注射でもない看護、患者の自然治癒力を引き出せるような看護がしたい。例えば、具合が悪くてお風呂に入れない患者さんの足を温かいお湯で洗ったり、伸びてしまったまま、切る暇もなく気になっていた足の爪を切ったり。患者のそばに寄り添ってゆっくり話を聞くなど、そんなケアこそがしたかったのだ。先日、レポートした『看護覚え書』のサブタイトルが思い出される。

――看護であること、看護でないこと（What It Is, and What It Is Not）

奈緒子は赤い看護カルテを見つめながら、ナイチンゲールの真摯《しんし》なまなざしがそこに見えた気がした。

「さあ、始めましょう。夜勤、お疲れ様でした」

　小暮由紀恵婦長はテーブルの中央で、今日も始業の掛け声をかけた。さあ、これから日勤の仕事が始まる。奈緒子は背筋を伸ばして、気を引きしめた。

　黄色いアクリル板には、病棟日誌が挟まれている。夜勤者が日誌を読み上げるところから、申し送りは始まった。深夜勤だったのは、大学病院を三年で辞めてきた西川真由美と、もう一人は子育てを終えて十五年ほどのブランクのある准看護婦の藤田昭子だった。真由美が日誌を読み上げる。

「昨日の入院患者は二名、◯◯様と◯◯様で、退院は一名、◯◯様でした。夜間の入退院はありません。担送十三名、護送十九名、独歩十六名、計四十八名です。重症患者の◯◯様は人工呼吸器を装着され、今朝、血圧◯◯、体温◯◯、脈拍◯◯で送ります。連絡事項は……」

　連絡ノートに記載された業務連絡が読み上げられた後は、小暮婦長が本日の予定についてホワイトボードを見て報告する。

「今日の入院患者は三名です。三二〇号室に心不全の◯◯さん、三一九号室に腎不全の男性、◯◯さん、それから……」

　小暮婦長はメガネを上に持ち上げながら、几帳面に読み上げた。看護学校の元教員で、何事も原則的で堅苦しい雰囲気のある人だった。長い髪を後ろで束ね、小柄で華奢な体型だが、よく通るアルトの声を響かせる。

　教科書に書いてあるような手順や、患者への対応の仕方にこだわりがある正統派で、現場の慌ただしさや煩雑さがあまりよく分かっていないようなところがあって、近寄りにくい人に感じられた。

　ことに先輩のさとみとは相性が悪い。現場の状況に応じて、柔軟な対応をするさとみと小暮婦長とは、まるで正反対のところがあった。今日はさとみがいないから、誰も小暮婦長に歯向かう人はいないだろう。奈緒子は子どもの頃、妹と年齢が離れていて長女として一人で過ごした時期も長かったせいか、のんびりした性格で、争い事には慣れていなかった。

「藤田さん、それで菅谷タネさんの熱はどうでしたか。そろそろ膀胱訓練をしてバルンカテーテルを抜かないといけませんからね」

小暮婦長のきびきびとした声が響く。

「えーと、確か今朝の熱は三十七度六分でした。はい、まだ体熱感が取れなくて」

藤田昭子は奈緒子と一緒に三年前に入職したが、年齢的にはもう定年に近い。看護婦としての理論や技術も、ブランクがあって大分忘れているようだった。病院がオープンした時には大勢の看護婦が入職して、年齢も経験も様々な人たちがいたのだ。

奈緒子は昭子のあまり要領を得ない申し送りに、いらいらさせられることもあったが物腰の柔らかさが好きだった。周りから注意されたり、刺々《とげとげ》しい態度を取られる事も多かったが、昭子は決して人を責めるような事のない謙虚な人だった。奈緒子は手元のバインダーに挟んだメモに、申し送られた内容を書いていった。


たどたどしい申し送りは一時間以上かかった。あいまいな表現があったり分からないことがあると、その度に小暮婦長が中断して口を挟むのだ。先週の夜勤明けには、奈緒子も小暮婦長ににらまれたばかりだった。

ようやく申し送りを終えて、奈緒子は本日担当になっている三二〇号室に向かった。患者数は六名だが、重症部屋で人工呼吸器をつけている人もあり、手が掛かる患者ばかりだった。清拭や陰部洗浄、点滴や注射、褥瘡《じょくそう》処置など、やることはあふれるようにあった。

奈緒子は八十歳を超える菅谷タネのところに真っ先に向かった。熱がまだ下がらないのが気になっていたのだ。肺炎の他に腎不全があって、腎臓が機能していないために顔はむくんでいるし食欲もない。皮膚の色は浅黒くかさかさと乾燥していた。

「おはようございます。タネさん、お熱を測りますよ。具合はどうですか」

「あい」

　歯がないので言葉ははっきりしないが、奈緒子が声をかけると、タネは浅黒い顔をこちらに向けてほんの少し微笑んだ。小さくて丸い目元が愛くるしいおばあちゃんだった。あごのところに一本、長いひげのようなものが伸びている。

　水銀の体温計は三十六度六分を示していた。ようやく平熱に戻ったのだ。一時は高熱で声をかけても返事もなく、これ以上はもたないかもしれないと思っていたが、抗生物質の効果によって熱も下がり、元気を取り戻していた。このまま熱が上がらなければ、明日には膀胱に入っているバルンカテーテルという管を抜くことができるだろう。

　自然に排尿できるようになれば退院の日も近いはずなのだが、腎機能が悪化しているために血液透析を導入しないといけないのだった。ただ、家族は高齢を理由に透析治療を拒んでいるのだと聞いた。奈緒子はせっかく元気になったタネにもっと長生きしてほしいと思うのに、家族の意向によって治療が受けられないことに、何か納得できない気持ちを抱えていた。

　退院の運びとなっても、タネはもう自宅には戻れない。老人病院に転院することが決まっているのだった。その話を聞いたのは先週の水曜日のドクターカンファレンスの時だった。看護婦以外にも理学療法士や、薬剤師、ソーシャルワーカーなどが参加して医師の診断や治療方針を聞き、医療チームで情報を共有し、討議するのだった。

「菅谷さんの家族からは、透析は望まないという意向が出ていますので、導入はしない方向です」

　タネの主治医は武藤院長だ。院長の言い方には特に迷いはないようだった。命を救う治療法があるというのに、それを拒む家族の思いをすんなりと受け入れるというのか。高齢者だって透析治療をして長生きしたいと思う人もいるだろう。奈緒子はタネがあまりにも可哀想に思えて納得出来なかった。命の期限を家族が決めてしまうことに奈緒子は抵抗を感じた。

　カンファレンスと言っても、主治医の決定に意見をすることは躊躇《ちゅうちょ》された。小暮婦長は武藤院長に対しては、いつも従順な対応をしていたし、武藤院長の発言の後、誰もが口をつぐんだ。もちろん、奈緒子にしても意見の言えるような相手ではなかった。

　カンファレンスが終わった後、奈緒子は医療ソーシャルワーカーの長浜清に声をかけた。

「長浜さん、どうして菅谷さんの家族は透析治療を受けないと決めてるんですか」

　奈緒子の口調は少し尖っていた。長浜は四十代くらいの年齢で、看護婦の意見を何でも受け止めてくれる。困っている患者や家族を黙って見ていられず、退院にあたりゴミ屋敷になってしまっている患者の部屋をボランティアで片付けに行ってしまうような情け深い人だった。長浜が怒ったところは見たことがない。奈緒子にとってはさとみと同じように何でも打ち明けられる相手でもあった。

「高齢だし、これまでずっと介護してきたからという思いもあるんだろうね。透析するとなると途中で止めるわけにも行かないからな」

　長浜の答えに奈緒子はすっきりと納得出来なかった。

「でも、選択の権利は患者さん、本人にあるんじゃないんですか。それに透析治療は無料で受けられるんだから、経済的には問題ないように思うんですけど」

　奈緒子は長浜にくいさがった。

「確かにそれはそうだけどね、介護をしている家族の身になってみればさ……」

　長浜は奈緒子の追及に困ったような顔をして言葉を濁したまま、職場に戻っていってしまった。ほとんど、病院には姿を見せない家族の思いを奈緒子は知ることができなかった。

　奈緒子はタネの細い腕に血圧計のマンシェットを巻きつけながら、武藤院長と長浜ソーシャルワーカーの言葉を思い出し、タネが退院した後の行く末を心配していた。血圧は百五十二の八十六と、やや高めだったが心配するほどではなかった。

「タネさん、今日は身体を拭いてきれいにしましょうね。腰のほうはどうですか」

「す、すごく、痛いんだよ」

タネは手で腰のあたりをさすりながら、力のない声を出した。

そうだ、今日は入院患者の予定もないし、これまで熱があってお風呂に一週間以上、入れていないタネに熱布清拭《せいしき》をしよう。毎日は無理だが、時間の取れる日勤帯で実施することはタネの看護計画として挙げられていた。普段なら清拭車と呼んでいる器械の中で、すでに熱くなって丸められているタオルを使っているのだが、今日だけは特別だった。

ステンレス製のワゴンの上に熱湯の入った大きな青いバケツを奈緒子は載せた。こぼれないように注意しながら、それをタネのベッドサイドまで運んでいく。厚手のゴム手袋でバスタオルを二枚、バケツの中に入れてゆっくりと絞った。夏なので湯気こそ見えなかったが、お湯がバケツの中で音を立てる。それは何とも言えず優雅な音に思えた。ナースコールや心電図モニターの音、電話が鳴る音、職員の話し声など、昼間の病棟には種々雑多な音が入り乱れて不協和音を奏でているからだ。

奈緒子はバスタオルが冷めないうちに、横向きにしたタネの小さな浅黒い背中に二枚を重ねて押し当て、上からビニール袋をかけて冷めないように布団をかけた。

熱布清拭は看護学校では学んでいなかったが、入職してから先輩たちに教えてもらった。月一回、自主的に学んでいる事例検討会の助言者で、外から招いている講師が長年の看護実践の経験を活かして考案した看護技術だと聞いていた。

清拭タオルを使うのに比べて、時間も手間もかかるのだが、身体を十分に温める効果がある。熱布清拭を終えると、タネの頰には少し赤みがさしていた。頰がゆるんで固い顔つきが柔らかくなったようだ。

「タネさん、どうでした、背中、温かかったでしょう」

「あい、あったかかったよ」

タネのふっくらした頰がにこやかに笑顔をつくる

時、奈緒子はなんてかわいいんだろうと思った。確かに家族にとっては大変な負担を強いる介護かもしれないが、目の前にいるタネの命を縮めようとしていることを、奈緒子はどうしても受け入れることができなかった。

血液透析の治療は、週二回から三回、病院に通い、四時間ほどは動かずにベッドに寝ていなければならない。透析後には急激に体から水が引かれることによって激しい倦怠感《けんたいかん》に襲われるのだ。八十歳を越えるタネにそれが耐えられるのかどうか。命を長らえたとしても大きな苦痛を与えてしまうかもしれない。

従軍看護婦として国のために命を投げうった時代に生きた池田看護部長は、何よりも命の尊厳を忘れてはいけないと常々、訴えていた。家族に負担をかけず、タネが生きる喜びを見出していく方法はないのだろうか。

自分には看護婦として何ができるのか。家族の経済的な負担も介護の負担に対しても、どうすることもできない。高齢だという理由だけで、すべてが片付けられてしまっているように思えてならなかった。

タネの熱布清拭を終えてバケツを片付けると、もう時計の針は十時三十分を回っていた。午前中に清拭や陰部洗浄、浣腸、処置などをすべて終わらせておかなければならない。点滴や注射は早番の看護婦が病棟全体の患者の分を午前中のうちに実施することになっている。四十八名のうち、点滴や注射をする患者は三分の二を超えるだろう。ワゴンに山のように積まれた点滴は、重いガラス瓶のものから、少しずつ新しいプラスチック製のものに切り替わってきていた。

隣のベッドに寝ている四十代の山田道子という女性患者は寝たきりで手足も拘縮して固くなってしまっている。元は膠原病《こうげんびょう》だったが、脳梗塞《のうこうそく》を起こして会話もできなくなってしまった。食事もとれず、高カロリーの点滴で命をつないでいるような状態だった。臀部《でんぶ》には広範囲な褥瘡ができている。褥瘡とは床ずれのことを指す専門用語で、皮膚が長時間、圧迫されて血液循環が悪くなり、ひどくなると黒く壊死《えし》したり、潰瘍《かいよう》を起こしてしまったりする。奈緒子は身体を横向きにして紙おむつを広げ、褥瘡の傷の処置を始める準備をした。

「道子さん、床ずれの処置をさせてもらいますね」

道子からの返事はない。会話はできないが、耳は聞こえているかもしれない。ベッド脇の床頭台にはカセットデッキが置いてある。元気な頃は保母の仕事をしていた道子に何か心地よい刺激を与えられないかとの考えから、子どもたちの歌声をテープで聴いてもらっているのだった。奈緒子が褥瘡の処置をする傍らで、児童合唱団の明るく元気のよい歌声が流れている。

「道子さんは子どもたちが好きだったんでしょうね。また、一緒に遊べるようになるといいですね」

奈緒子は道子の背中から声をかけた。少しでも道子の回復を図りたいという目標に対して立案された看護計画だった。

残り少なくなった点滴と注射をワゴンに載せて運んで来たのは、早番の萩尾さとみだった。

「ねえ奈緒子、道子さんの褥瘡はどう」

「まだ、あまり良くなってないですね。ポケットが深くて三センチはありそう」

さとみが道子の点滴を点滴台にかけて、鎖骨下に挿してある点滴の管につなぎながら、道子の褥瘡を覗き込んだ。奈緒子は微温湯を入れた大きな注射器で、褥瘡を洗っているところだった。潰瘍が深くなって皮膚がポケットのように中の方までセッシを差し込める状態になっている。

「ここまで悪くなると、治るのに時間がかかるね」

さとみが点滴のクレンメを開けて、落とす滴数を調節しながら奈緒子に言った。

「それでも、少しずつは小さくなっているように思うけど」

奈緒子はそう信じたかった。毎日、処置を繰り返してきたのだ。現に道子はもう一年以上、入院しているのだった。治ったとしても独り身の道子には介護をする家族もない。奈緒子は道子のまだ若くて白い肌にガーゼを当てた。

昼休みは十一時半からと十二時半から、交代でとることになっていたが、仕事が押してずれこんでも、その分を延長することはできない。延長すれば他のナースに負担をかけることになるし、自分の午後からの仕事にも影響してしまうからだ。

ようやく午前中の仕事をやりくりして、奈緒子は二十分遅れで前半の昼休憩に入った。一時間保障されているとは言っても、時間通りに休憩に入れることは、ほとんどなかった。

早番のさとみが奈緒子より先に休憩に入っていた。三畳間ほどの狭い休憩室は四人も入ればもう窮屈になる。

「奈緒子、遅かったな。これ、ちょっと味見してみて。美味しいはずだから」

「わっ、美味しそう。私、まだ食べたことないんです」

それはトマトソースの上にチーズやバジルがのったマルゲリータというピザだった。さとみは『Ｈａｎａｋｏ』というおしゃれなグルメ雑誌を買って、夫の吾郎と一緒に食べ歩きするのが好きだと話していた。

「あたしさ、お弁当って苦手。だって、朝も昼も同じもの食べなきゃいけないじゃない。それじゃ、飽きるしね」

ピザをほおばりながら、さとみは言った。奈緒子は病院の売店で買ってきたおにぎりと、さとみからもらったピザを食べて、おなかいっぱいになった。病院から少し離れた街道筋にもグルメブームにのって、焼肉店や高級感のあるファミリーレストランなどがいくつも出来始めていた。

「年末の一時金、当てにして海外旅行に行こうと思ってるんだけど、今年はどうだろう。あたしたち、まだ新婚旅行にも行ってないんだよね」

さとみはバックから『Ｈａｎａｋｏ』を取り出して、めくりながら言った。

「うわあ、いいですね。このところの円高で海外旅行も身近になってきましたからね。おそらく今年も組合では三・五ヶ月の要求を出すと思いますけど、ここ数年は三ヶ月も出てないですから、どうでしょう」

奈緒子は昨年から組合の支部執行委員を務めている。三交代で、毎回は会議に出られないので、なかなか議論についていけない。執行委員でありながら、一時金のことを聞かれても他人ごとのような口ぶりになってしまっていた。

「そう言えば、昨日、聞いたんだけど、外科病棟でまた看護婦が辞めるって。もう、夜勤が組めないくらい人手不足が深刻らしい。組合の会議ではそんなことを話していないの。病院がつぶれたら、一時金どころじゃないよ」

さとみからの問いかけに奈緒子ははっとした。

「そうですよね。私、聞いてみます。うわさが本当にならないといいですけど」

奈緒子は外科病棟で働く同期の城田玲子のことを思い出していた。おしゃれを決め込んで六本木に行くようなゆとりを奈緒子には見せているが、実のところ、欠員の穴埋めで夜勤回数も増えていると話していた。本当のところどのような状態なんだろう。

最近はすれ違いでカンナ寮でも顔を合わせていなかった。

六　二杯目のコーヒー

日勤を終えてから、奈緒子はカンナ寮の玄関横にある組合の事務所に寄って聞いてみようと思った。一時間ほどの残業で夜の六時を過ぎた時間だったが、事務所にはまだ明かりがついている。組合専従の有平真治《しんじ》の後ろ姿がガラスのドアの向こうに見えた。

奈緒子はガラスのドアを手前に開けた。雑然と書類の山が積まれている一坪ほどの部屋は、奈緒子が住んでいるカンナ寮の玄関脇にあった。病院とは道を挟んだ向かい側の場所で、病院の正面玄関からは離れており、西側の端にあるので外からは目立たない。

ガラスのドアには「労働組合事務所」という小さなアクリルのプレートが貼り付けてあるだけだ。いかめしい文句のポスターも、のぼり旗のたぐいも見当たらなかった。

学生運動が盛んな頃、奈緒子はまだ子どもで、あの「浅間山荘事件」では、大好きなアニメ番組が見られなかった思い出しかない。看護学校時代にうたごえサークルに入ってはいたものの、そこで何か集会やデモのたぐいに誘われたことはなかった。

奈緒子たちの世代のことを大人たちは、「新人類」だと揶揄《やゆ》したが、その意味するところを奈緒子が実感することはなかった。七〇年代にベトナム戦争も終わり、沖縄も返還されて、八〇年代に入ってからは一見、平和で豊かな日常を過ごしているように思えたからだった。

『ノストラダムスの大予言』が大ブームとなり、環境破壊や核戦争によって一九九九年に世界が滅びるといった話も今では忘れ去られていた。ルイヴィトンのバッグを肩に下げている女性を見るのが珍しくない日常で、華やかに思えたＯＬも、実はお茶汲みやコピー取りに翻弄《ほんろう》され、寿退社を迫られる現実は、奈緒子も聞いて知ってはいた。それでも、未来を悲観するような社会情勢を、奈緒子は知ることなく過ごしていた。

労働組合といっても奈緒子にとってのイメージは決して戦闘的なものではなかった。労働者の目線にたって労働条件の改善や賃金要求をするものであり、時にはストライキという最終手段を取ることも、奈緒子は経験的によく知っていた。

「要求貫徹」などという文字が書かれた真っ赤な旗が掲げられ、通学に利用していた私鉄がストライキで止まってしまうことが毎年あったからだ。闘う労働組合の人たちが受けた水面下の凄惨《せいさん》極まりない差別や首切りなど、奈緒子にとっては想像の域を超えていたのだった。実際、ここの職場の労組ではそういう差別を受けずに済んだので、奈緒子は世間の労組もそういうものだろうとしか思っていなかった。

奈緒子はドアをノックした。

「ちょっと聞きたいことがあるんですけど、大丈夫ですか」

「あっ、びっくりした。奈緒ちゃんだったか」

真治はワープロを打つ手を止めて、奈緒子の方を振り返った。事務職員だった真治は昨年の秋の大会で専従になって、もうそろそろ一年が経つ。奈緒子より五歳ほど年上だった。男性ばかりの会議で発言するのは大の苦手だったが、個人的に話すのだったら緊張もなく話すことができた。

奈緒子は職場でも労組の執行委員からも、奈緒ちゃんと呼ばれている。そう呼ばれることに慣れてはいたが、真治には何か違和感を抱いていた。

「外科病棟で看護婦がまた辞めるって聞いて、心配になったんです。大丈夫なんですか」

デスクの椅子に腰掛けて、奈緒子は真治に尋ねた。

「えっ、そんな話はまだ組合には来てないけどなあ」

真治がのんびりとした口調で話すのに、奈緒子はいらだちを覚えた。

「じゃあ、まだうわさの段階で、労組に正式に情報が届いてないってことなんですね」

「うん、そういうことになるかな。それで奈緒ちゃん、それは誰から聞いたの」

真治は立ち上がってマグカップにインスタントコーヒーを入れ、奈緒子に差し出した。

「職場で聞いたんですよ。さとみさん、職場のうわさを聞きつけるのが早いんです」

「あー、彼女らしいなあ。それに、せっかちと来てるから、奈緒ちゃんに聞きに行けって言ったわけだ」

真治は頬杖《ほおづえ》をついてコーヒーを飲みながら言った。

「それに年末一時金はどうなってるか聞いて来てって」

奈緒子は真治の入れてくれたコーヒーが苦すぎて、一口飲んだだけでやめてしまった。

「管理部からの回答はこれからだからね。まあ、今年も赤字で三ヶ月もいかないだろうとは思うけど。萩尾さんにも団交に出てきてよって言ってもらえないかなあ。俺、苦手なんだよね、あーいう気の強いタイプの女性は」

組合員が心配してるというのに、専従者がこんな態度でいいのか。奈緒子は他人からさとみの悪口を聞かされると頭にくる。奈緒子が一番、信頼している先輩なのだから。

「まあ、今日はもう七時を回ってるし、明日にでも、二階東病棟の件は婦長室で確認してみるよ」

事の重大さを真治は理解していないように思えた。

「もう今年になってから五人は辞めてるんですよ。これ以上辞めたら、夜勤を組むのだって大変だし、日勤が組めなくなるかもしれませんよ」

奈緒子は波立つ気持ちを真治にぶつけた。

「ふーん、そうなんだ。それは大ごとだな」

真治は奈緒子の強い口調に、少し身をのけぞったように見えた。こうでも言わないと現場の切迫した状況を分かってもらえないのだろうか。

「俺さ、組合専従なんて任されてるけど、診療所の経験しかないし、実はまだ病院のことよく分かってないんだよね」

真治は飲み終えたマグカップを持って立ち上がり奈緒子に背を向けた。一年前、奈緒子が労組の支部執行委員に初めて立候補して信任された時、大会で専従を任命されたのが有平真治だった。

みずぬま協同病院を経営する医療法人健栄会は、戦後、東京の足立区の小さな神社の脇に建てられたバラックの診療所からスタートした。七〇年代に地域住民からお金を集めて九十床ほどの病院を建て、近隣の墨田区や葛飾区などにあった診療所との経営合併を果たした。そして八〇年代半ば、救急病院がなかった埼玉県東南部に、二十四時間の救急体制を整えたみずぬま協同病院を新設したのだった。

健栄会はもともと地域で身近な診療所として、その歴史を培ってきたのだった。真治は病院を知らなかったが、その反対に奈緒子は診療所の医療活動がどんなものか知らなかった。

「専従になったのはいいけど、何か役に立ってないって思うんだ」

真治はマグカップにまたインスタントコーヒーの粉を入れ、ポットの湯を注ぎ入れた。

「あ、私にもコーヒー、お代わりもらえますか」

奈緒子はちょっと言いすぎたかと思った。

大会で組合専従に任命された時の真治は、もっと意気揚々として見えた。執行部のお偉方からの期待を受けた真治が、まさか、そんな弱気なことを言うとは思わなかった。

「実はさ、今日、手術室の清水さんが怒鳴り込んできたんだよ」

「えっ、何かあったんですか」

清水幸恵は奈緒子と同じように支部執行委員を務める手術室勤務の看護婦だった。奈緒子より二年先輩の中堅で、さとみに負けないくらい発言力のある人だった。

「手術室の危険手当をずっと要求しているのに、それを労組がまったく聞き入れてくれないって。でも、そればっかりは、俺の一存じゃ何ともならないしね」

奈緒子は幸恵と、労組の会議で顔を合わせたことがほとんどなかった。看護に限らずどこも人手不足で残業も多いなかで、手術室だけが危険手当を要求するのは、本筋からはずれているというのが、労組執行部の見解だった。奈緒子はそれをどう考えればいいのか、まだ自分なりの意見を持てないでいた。

勤務する場所が違うと、同じ病院内であっても、どういう勤務状況なのか、よく分からない。真治よりは病院のことを知っているのかもしれないが、実は自分の病棟以外はよく知らないのだった。

「清水さん、そんなに怒ってたんですか。私も手術室のことはよく知らないんです。危険手当のことは確かにいろいろ意見がありますからね。私も組合の執行委員なんて、向いてないなあって思うんです」

奈緒子はいつの間にか、苦くていやだと思っていたコーヒーをお代わりまでして飲んでいたことに気づいた。

「奈緒ちゃんにまで、そんなこと言われちゃったら、困るなあ」

「だって、私も男性ばっかりの会議が苦手だし、団交とかで闘うのだって、ほんとにいやでいやで……」

「そうか、奈緒ちゃんの気持ち、分かるなあ。うちの実家だってばりばりの右寄りな保守系だからね。自分でも労組の専従になるなんて思ってもみなかったよ」

真治は両腕を高く上げて伸びをするようにして言った。

「えっ、有平さんちって保守系だったんですね。うちもそうです。うちの母親なんて共産党って聞くだけで、暴力団みたいに勘違いしてるんですから」

奈緒子は母の顔を思い出していた。物心つかない幼い頃に両親が離婚して、群馬県で祖父母や叔父夫婦に育てられた母は貧しく肩身の狭い思いをして子ども時代を過ごした。

中卒で上京し皮革縫製の仕事を覚えてから、ずっと働きづめの人生だったのだ。本を読むこともなく、社会に植え付けられたイメージだけで共産党を毛嫌いしていた。

印刷会社に勤めるサラリーマンの父親は、東京の墨田区に生まれ育って、戦争中は家族で縁故疎開をしていたという。何一つ、その当時のことを奈緒子に語ることはなかったが、憲法を守り戦争に反対する党として、共産党に好印象を持ってくれていた。

「奈緒ちゃんの田舎って、どこなの」

「私は父親の実家の墨田区で生まれて、埼玉で育ったんです。だから、夏休みとか冬休みとかに地方の田舎に行く友だちが羨ましくて。有平さんて、田舎はどこなんですか」

「広島だよ。広島って言っても、離島だけどね」

「へえ、広島にも保守系の人がいるんですね。だって、私、高校生の時に広島に修学旅行に行って、被爆者のお話を聞かせてもらって、それから平和についてすごく考えさせられたんです。だから、みんな革新系の政党を支持してるのかなって、勝手に想像してました」

「うちは呉に近い江田島ってところ」

「大久野島なら行ったことあります。うさぎがいっぱいいてかわいかったけど、戦時中は毒ガスを作っていたんでしょ」

「うん、そうだね。江田島には海上自衛隊の幹部学校があるんだ。だから、友達なんか自衛隊関係の家が多かったよ」

「へえ、そうだったんですか。難しいもんですね」

「奈緒ちゃんはいつから看護婦になろうと思ったの」

「中学生の頃に決めてましたよ」

「へえ、それはすごいなあ。夢を実現したわけだよね」

「有平さんの夢ってなんだったんですか。うちの法人の診療所に来る前は、どこかに就職していたんでしょ」

「えへへ、某大手自動車メーカーの営業マン。車が好きだったからね」

「確かに有平さんって営業マンって感じ」

「えっ、どうしてそう思うの」

「だって、営業トークがうまそうだもん」

「それが全然ダメだったんだって。ノルマに苦しめられて首になったんだ」

「へえ、営業マンって大変なんですね」

「俺のほんとの夢はジャーナリストだったんだよ」

「えー、ジャーナリストってどんなことするんですか」

「実は、新聞記者になりたかったんだ。就職試験は受けたものの、不採用だったからね」

「そうだったんですか。それは残念」

「俺なんか落ちこぼれだから、何やってもだめなんだよ」

そんなふうに後ろ向きになる真治のことが奈緒子はよく分からない。

「だって、大学まで卒業して、どこが落ちこぼれなんですか。私なんか看護学校にしか行ってないのに」

「うちの親父はいま校長だし、姉貴は国立大学出て教員になってるしね。うちの家族のなかで一番、できが悪いのが俺ってこと」

真治はつまらなさそうに言った。

「某自動車メーカーを辞めてから、仕事もしないでぶらぶらしてたら、親父にガミガミ言われて喧嘩になって、ここんとこ正月も実家に帰ってないんだ」

「そうなんですか。だって、もう就職したんだから、仲直りできそうなのに」

「まあね、だけど教員一家に育つって楽じゃないよ。大学って言っても俺は二流の私立大学だしね。うちの両親なんて国立じゃなければ、大学なんて思ってないくらいだから」

奈緒子はその話を聞いて、自分も学歴や大学のレベルで相手を判断してしまうところがあると気がついた。看護学校時代に好きになった大山英明は国立大学生だったのである。看護婦になろうとしたのも、医師と結婚して玉の輿《こし》にのるという打算が、どこかで働いていたように思えた。

「うちの親父なんて子どもの頃、貧乏で惨めな思いをしたからって、一億円の家を建てるって目標を立ててたんだ。休みの日にはいつも家の設計図を書いているような親父でね、今じゃ、純和風建築の立派な家を建てて、満足してるんだよ。信じられないだろう。俺は家なんてものに固執したくないね」

「へえ、うちの母も有平さんのお父さんに似てること、ありますよ。うちだって転々と三回も引っ越して、そのたびに家を買い替えてますから。私は新しい友だちを作るのが苦手だったし、仲良しの友だちと離れ離れになるのが悲しくて、すごく辛い思いしたんです。だから、自分の子どもにはそんな思いをさせたくないなあ」

真治も奈緒子も、その親の世代は貧しさに苦労し、家を手に入れることに人生をかけてきたのだった。そこには何か共通する思いがあるように感じた。

「それで、有平さんが健栄会の診療所に来ることになったのはどうしてなんですか」

「診療所に来ないかって誘われたのは、大学時代の先輩からなんだ。ちょうど事務職員を募集していて、タイミング良かったんだよね。奈緒ちゃんはどうしてここに就職したの」

「私は看護学生の時にたまたま、バイトしたのがきっかけだったんです。足立区で先進的に取り組んできた訪問看護の現場に行かせてもらって、老人が老人を介護している在宅の現場をみて、すごい衝撃を受けたんです。都立病院に行くつもりでいたのに、そちらを断ってみずぬま協同病院に就職しました。新設の病院っていうのも魅力でしたし。だけど、今じゃ甘く見てたなあって、ちょっと後悔しているんです。歴史がないから、すべて自分たちで作り上げていかなきゃいけないし」

あれこれ話し込んでいるうちに、もう時計の針は夜の八時を回っていた。

「あっ、大変。明日、早番なんです。もう帰りますね。今日はいろいろ話ができて良かったです」

奈緒子は席を立った。

「ごめん、愚痴《ぐち》ってばかりで。相談にのるはずが、雑談になっちゃって。でも、明日、ちゃんと二階東病棟のことを、婦長室で確認しておくから」

真治は申し訳なさそうに頭をかいている。

「いいえ、遅くまですみません。よろしくお願いしますね。じゃ、おやすみなさい」

奈緒子はガラスのドアを開けて、真治に言った。真治も帰り支度を始めたようだった。

カンナ寮の自室に戻ると、奈緒子は遅い夕食を食べて、ベッドに身体を横たえた。

真治は就職にも苦労して、労組の専従も悩みを抱えながら取り組んでいるのだと奈緒子は知った。これまでは、看護婦の職場のことを理解していないと、いらだちを感じることの多かった真治に、少しだが親しみを感じられるようになった。

健栄会労組の執行委員には男性の事務職員が多くて、看護婦はまだ三人しかいなかった。それでもようやく三人に増えたと喜ばれたのだが、実際には三交代の勤務や残業などで、会議への出席も思うようにならず、立場も弱いというのが現実だった。看護婦の執行委員が抱いている切迫感が他の男性の委員には伝わらない。そんなもどかしさを感じていたのだった。

早番は朝の八時からの勤務だった。通勤に時間がかからないので余裕はあるが、午前中のうちに、点滴や注射がスムーズに全部、やりきれるか毎回、不安になる。奈緒子はよく仕事をしている夢を見た。決められた時間までにやらなければいけない仕事ができないで焦って目覚めるのだった。時間に追われるように仕事をするのがストレスなのだ。明日の朝もきっと、そんな最悪の夢を見るだろう。午前零時を過ぎた頃、奈緒子はパジャマに着替えてベッドにもぐりこんだ。

朝の更衣室で城田玲子に出くわした。同期の看護婦で、カンナ寮では奈緒子の隣の部屋にいる玲子は、五人欠員が出ているとうわさを聞いた二階東病棟に勤務している。

「玲子ちゃん、おはよう。ねえ、また辞める人がいるって本当なの。もう五人も欠員だって聞いたんだけど」

玲子は長いソバージュの髪をまとめて、ナースキャップを留めようとしているところだった。

「おはよう、奈緒ちゃん。そうなの、手術件数だって増えてるし、特に脳外科がものすごく大変なのよ。術後の観察もれが大きな合併症につながるから、ほんとに目が離せなくて。みんな辞めたいって言って音を上げてるし、この先、どうなっちゃうのか心配」

「そうだったんだ、脳外科の手術って大変なんだね。全然、知らなかった。うちも二人欠員で、夜勤だって毎月、十回はあるよ」

「そう、内科も欠員出てるんだね。そうだ、ねえ、奈緒ちゃん、これ見た。脳外科の本田先生がみんなに配ってるんだよ。本田先生って、ナースのこと怒鳴りつけるから、職場でも怖がられてるの。それにこんな提案されたって、みんな頭をひねってるんだから」

玲子は奈緒子に手提げから一枚のプリントを取り出すと奈緒子に手渡して職場に向かった。脳外科の本田先生のことについては、以前にも玲子から聞いていた。

内科には優しくて看護婦に気を使ってくれる医師もいるが、大きな声で怒鳴りつけるような医師は特に外科系に多かった。それはおそらく、術後の小さなミスが生命を左右することもあるからだろう。

だが、看護婦にとってはそれが大きなストレスになっている。精神的にタフでなければ外科病棟の看護婦は務まらない。奈緒子はとても外科病棟では働けないと、学生時代から思っていた。その外科病棟が五人もの欠員を出す事態になるとは、現場はどれほど緊迫した繁忙の状態に置かれているのだろう。

奈緒子は玲子から手渡されたプリントを広げて見る暇もなく、バッグにしまって更衣室から三階西病棟に向かった。

ナースステーションに入ると、夜勤の看護婦の姿はなかった。ちょうど朝食を運んできた配膳車から、各病室に食膳を配っているところだった。夜勤者二人だけで切り盛りする朝の忙しさはピークに達した頃だ。

「おはようございます。お疲れ様でした」

奈緒子は夜勤だった西川真由美に挨拶した。真由美はいつも無愛想だが、夜勤明けの今日は挨拶しても会釈する気配もない。疲れているのだから仕方ないか。奈緒子は気を取り直して配膳を手伝った。

「奈緒ちゃん、おはよう。早番だったんだね。ねえ、これ菅谷さんのところに持って行ってもらえるかな。いま、ナースコールで排泄介助に呼ばれちゃったから」

「夜勤、お疲れ様。これ、菅谷さんのところね」

患者の菅谷タネの食膳を奈緒子に手渡したのは一年後輩の松島香織だった。愛想よくいつも笑顔を忘れない香織は夜勤明けでもにこやかに仕事をしていた。ナースステーションの隣の三二〇号室に食膳を運んでいくと、タネはまだベッドに横になっていた。

「タネさん、おはようございます。朝ご飯がきましたよ。そろそろ起きましょうね」

「あい、おはよ」

おしぼりで顔を拭いて、モーニングケアを済ませたタネは目やにもなく、さっぱりした顔をしていた。奈緒子はしゃがみこんで、ベッドの足元にあるハンドルを手でくるくると何度も回して、ベッドの頭部を上げた。オーバーテーブルをベッドの両方の柵にかけて、その上に食膳を置いた。

「さあ、今日の朝食は納豆ですよ。タネさんは納豆が好きでしたよね」

「あい」

ご飯茶碗にひきわり納豆をのせて、タネの右手にスプーンを握らせると、ようやく一人で食べ始めることができた。ゆっくりと食べる様子を見届けたかったが、配膳の後は薬を配って、下膳や口腔《こうくう》ケアなどの一連の仕事が続いている。食事の配膳や下膳は看護助手さんも手伝ってくれるので心強い。

ナースステーションに戻ると、広い処置台の上には隙間のないほど、きょう一日分の点滴ボトルや注射薬の準備がされていた。点滴ボトルにビタミン剤を混ぜたり、抗生物質のバイアルの中の粉薬を、溶解液で溶いたりする作業もある。医師の指示簿と実物を一つひとつ確認しながら、間違いのないように準備をしていくのだった。

朝の申し送りが始まる時間になれば、早番は点滴や注射の準備をしながら、ナースコールにも対応しなければならない。いくつかの課題を同時にこなしていく能力が、看護婦には求められているのである。

早番が午前中の業務を終える頃には、どの病室でも、いくつかの点滴ボトルが患者の腕につながれ、キャスターのついた点滴台を動かして歩く患者の姿を見かけるようになる。

奈緒子がようやく昼休みに入ったのは、十二時半を少し回る頃だった。お弁当を食べながら、玲子から手渡されたプリントに目を通した奈緒子は、その内容に目を丸くした。

七　葬送曲

提案書と書かれたプリントに目を通した奈緒子は、あまりにも唐突でおそらくは誰も想像できないその内容に、驚きを隠せなかった。自分たちの常識をはるかに逸脱している。まさか、この提案書を作ったのが医師だとは到底思えない。

「奈緒子、なにそれ。あたしにも見せなよ」

一緒に昼休み休憩を取っていたさとみは、プリントを横から眺めていたが、自分の方に引き寄せて読み始めた。声に出して読むことがはばかられるほど、奈緒子は衝撃を受けていた。なぜ、何のために脳外科の本田先生はそんな提案書を武藤院長宛てに書いたのか。

「どうしたっていうんだろう、こんなこと、通用するはずないよ。悪ふざけにもほどがある。あっはっはっは、武藤院長も度肝を抜かしたろうね。真面目にこんな提案書、出されてさ」

さとみがそう言うのも無理はない。奈緒子も悪ふざけと受け止めるしかないような気になっていた。

プリントには、まず丁重に院長はじめ職員に対する感謝の弁が述べられていた。そして、本田先生が担当し、治療のかいなく亡くなった患者に対する思いが、あふれんばかりに書かれていた。

何事にも手を抜かず、真剣に患者に向かう本田先生の横顔が思い出された。深いグリーンの手術衣と手術帽にマスク。奈緒子が実際に本田先生を見たのは手術室の中だった。脳外科の手術は肉眼では見えないような繊細な細い血管を扱うのだ。脳出血や脳梗塞など、脳のダメージを最小限にするためには、一刻を争うようなケースが多い。

本題である提案は、次のようなものだった。

「亡くなられた患者さんは、病院の正面玄関から、葬送曲を流しながらお見送りしたいと考えます」

今は、患者を看取った後、自宅に戻る為に一時的に、霊安室に移動させる。そこは病院の玄関からは離れた場所にあった。院内中から集められたゴミ置き場が目の前にあったし、清掃に使うモップがすぐそばに干してある。

遺体は葬祭業者の寝台車が病院に迎えに来るまでに、冷たい霊安室に安置される。白い菊の花が供えられ線香がたかれ、仏教風のお別れをしていた。すぐ隣には病理解剖をする部屋があった。しめやかにお別れした後、解剖される時には胸から腹まで大きく縦切りにされ、病変部の臓器が取り出された後は、また太い針で腹を縫い合わされる。

その後、寝台車に乗って自宅か葬儀場に運ばれる患者を、医師や看護婦が並んで頭を垂れ静かに音もなく見送るのだ。外国の病院がどんなふうに見送りしているのかは知らないが、おそらく正面玄関からお別れするというのはないのではないかと思われた。もし、病院に受診する患者や面会の家族が、死亡した患者に出くわしたら、ぞっとするだろう。まさか、葬送曲が玄関で流れるような病院には来ないはずだ。本田先生は、本気でこんな提案をしたのだろうか。

相当に疲れていたのかもしれない。奈緒子は黙ってプリントを何度も読み直していた。後日、葬送曲の提案は管理委員会で承認されなかったと聞いたが、本田医師は病院を去ってしまった。

欠員で追い詰められているのは、看護婦だけではないように思えてきた。こんな普通では考えられない提案をしなくてはならないほど、本田先生は患者の死にショックを受けているのではないか。奈緒子は大声で看護婦を怒鳴りつける本田先生を好きにはなれないが、患者を救いたいという真摯な思いがあるように感じた。

「奈緒子、聞いてみてくれた？　外科病棟のこと」

さとみがおにぎりを食べ終わって、雑誌をめくりながら奈緒子に聞いた。

「組合事務所に昨日、行ってみたら、欠員が五人になるという話はまだ聞いてないって。だけど、城田さんに朝、更衣室で会って確認出来たから、たぶん間違いないですよ」

「そっか、やっぱりな。もしかしたら、他の病棟から応援を出してくれ、なんて事もあるかもしれない。奈緒子、覚悟しときな」

「えー、あたし、外科病棟なんて、務まらないですよ。応援なんて無理です」

奈緒子は応援と聞いて背筋が寒くなった。学生時代に外科病棟の実習で、失敗した苦い経験があって、奈緒子はできれば応援には行きたくなかった。

「そんなこと、言ってられないんだ。奈緒子は、もう三年目なんだから、何でも経験だよ」

さとみはいつだって手厳しい。ちょっと甘えようと思えば、ピシャリとやられるし、そうかと思えば、さとみだってわがままにしか見えない行動をとることだってあるのだ。

「そう言えば、タネさんの事なんだけど、検査データも改善してるし、そろそろ老人病院に行くことになるって、武藤院長が話してた」

「えっ、そうなんですか。老人病院かあ、大丈夫かなあ」

奈緒子は一抹の不安を覚えた。

「例の老人病院だって言うから、せっかくタネさんが元気になったっていうのに、寝たきりにさせられるな」

さとみは顔をしかめて、奈緒子に言った。

「例の老人病院ってなんですか」

そんな評判の悪い病院があったのか、奈緒子は何も知らなかった。

「老人を点滴漬け、検査漬けにして大儲けしていた悪徳病院。うちの病院からだって見えるくらい近いんだよ」

その老人病院は奈緒子が看護学生だった時に、マスコミでも大きく取り上げられた悪名高い病院だった。同じ市内だとは思っていたが、まさかこんな身近な場所にあるとは思ってもみなかった。

付添婦のいらない老人病院として、家族にとってはお金の心配なく入院できると歓迎されていたが、無資格の看護助手がおむつを替えるなどの世話をしていた。百七十七床の病院で、一年間に二百人近くの老人が死亡し、ふとんを敷いた殺人工場だと元職員が告発するような恐ろしい病院だった。経営者が代わり、すでに五年ほどが経過しているが、どのように変わっているのか心配された。

「私、タネさんが転院したら、あの老人病院にお見舞いに行ってみます。まさか、今はさすがに点滴漬けにはしてないと思いますけど、どんなふうに過ごしているのか気になりますから」

奈緒子は急に思いついたように、さとみに言った。

「うん、そうしなよ。特別養護老人ホームもあるけど、なかなか入れなくて家族も困ってるんだ。それに他にも、タネさんのようにあの老人病院に送られる患者もいるだろうからね」

さとみはめくっていた雑誌を閉じて椅子から立ち上がり、少し早めに休憩室を出た。その後ろ姿を見送った後、奈緒子は考えていた。

医師や看護婦も足りなくて過重な仕事に追い回されている現実と同時に、患者にとっても安心して療養できない問題があることを奈緒子は実感していた。

入院中は、どんなに人手がなくても、患者が質の高い医療や看護が受けられるように最善を尽くしたい。でも、退院した後までは手を差し伸べることができないことを奈緒子は悔しく思った。

タネは本来なら、もっと幸せに長生きできるはずなのである。せっかく一命をとりとめたのに、行く末は老人病院で寝たきり老人になるのだろうか。

一週間後、菅谷タネを迎えに来たのは白髪混じりの息子だった。片足を少し引きずって杖をつきながら、ゆっくり歩いている。

「母がお世話になりました。家に引き取ればいいんでしょうけど、私もこの調子ですから、介護まで手が回らなくて」

息子は車椅子に乗せたタネを病室からナースステーションまで連れてきて挨拶すると奈緒子に頭を下げて言った。他の職員はもう仕事に出払っていて、ステーションには誰もいなかった。

「タネさん、退院おめでとうございます。お顔が見られなくなると思うと、すごく淋しいです。どうぞお大事になさってください」

奈緒子は車椅子に乗ったタネの柔らかな手を握り、エレベーター前まで付き添って見送った。奈緒子は、タネの血液透析治療を望まなかった家族のことを薄情に思ったが、息子は優しそうな人だった。

不自由な身体ではタネの介護や通院も厳しいのだろう。奈緒子はエレベーターの扉が閉まるのを待つ暇もなく、身体は横を向いて仕事に戻ろうとしていた。

忙しい勤務のなかで、奈緒子はいつもタネの笑顔に癒されていた。だが、まもなくタネは老人病院に連れて行かれるのだ。

――ふとんを敷いた殺人工場

金儲けのために、高齢者が食い物にされた現実を奈緒子はタネの行く末に重ねていた。

医療が金儲けになってしまったら、人の命さえも奪うことになるのか。奈緒子は看護婦として、自分がいつか殺人に加担するようなことになるかもしれないと思うと暗い気持ちになった。

カンナ寮から田んぼや畑を挟んで十分ほどのとこ

ろにあるその老人病院に出向いたのは、タネが退院してから数日後のことだった。現在は、当時の経営者は退き、労組が立ち上がって病院を存続させているると聞いた。

病院の白い建物は百七十七床にしては、あまりにもこぢんまりして見えた。タネはどうしているだろう。奈緒子は病院の玄関に入り、受付で女性の事務員に面会を申し出た。

「あのう、菅谷タネさんに面会しに来たのですが」

女性は上目遣いに奈緒子をのぞき見た。面会者はあまりないのだろうか。他に面会らしき人は見当たらなかった。外来の待合室には誰も待っている人はいない。午後は診察がないようだった。

「はい、菅谷さんですね。二階の二〇七号室になります」

奈緒子は事務員に案内された階段を登って行った。病室の入り口に書かれている名前を探して、菅谷タネの名札を見つけた。その病室には、職員は誰もおらず静かだった。

左右にそして、奥にも隙間のないくらいにベッドが十台ほど並べられている。白い布団に一列に寝かされている患者は、まるで一様で区別がつかない。身動きもできず声も聞かれずにただ、そこに寝かされているのだった。

いたたまれないような空間だった。それは奈緒子が以前のこの病院のことを知っていたからなのか。点滴は誰もしていなかったが、かつてはここで医療という名の殺人が行われていたのだ。奈緒子は寝かされている患者の顔を一人一人覗き込みながら、菅谷タネを見つけなければならなかった。左から三番目のベッドで奈緒子はようやくタネの名札を見つけた。眠っているのだろうか。奈緒子はそっと目をつぶっている患者の顔を見た。どことなくタネの面影は感じるものの自信がない。

「タネさん、こんにちは。お見舞いにきましたよ。タネさん、タネさん……」

肩を叩くとようやくタネは目を開けた。

「あい」

いつものタネの声が聞こえたが、それはいつもよりか細かった。顔は青白く少しむくんだようだった。腎不全なので尿があまり出ていないのかもしれない。血液透析ができればいいのだが、それは息子が望んでいなかった。タネを長生きさせることは家族にとっては大きな負担になるのだ。

「また、タネさんに会えて良かったです。具合はどうですか」

奈緒子はタネの顔がよく見えるようにベッドとベッドの狭い隙間にしゃがみ込んだ。

「あい、だっだいじょうぶ」

タネの人生はいずれここで終わってしまうのだ。奈緒子はタネのむくんだ顔を見ながら、胸がしめつけられた。

「体調が良くて良かったですね。タネさん、またお顔を見に来ますね」

奈緒子はタネの小さくてぽっちゃりした手を握って言った。大好きだった祖母の最期を看取った時、看護学生だった奈緒子は親戚の人たちと交代で病室に付き添った。祖母は肩で呼吸するような状態で話をすることもできなくなっていた。ふるえるほど酸っぱい夏みかんを一房ずつ皮をむいて、白い砂糖をかけて食べさせてもらった幼い頃の淡い思い出がよみがえってきた。

脳梗塞《のうこうそく》で半身が麻痺《まひ》し、身体が不自由になった祖母の役に立ちたいと思っていた。看護婦になることを一番、喜んでくれたのは、祖母だったのに、奈緒子が看護婦になる前に亡くなってしまったのだ。奈緒子は目を閉じて眠っているタネの姿をじっと見つめながら、祖母のことを思い出していた。

生きたまま葬送曲で送られて、社会から葬られようとしている老人たちがここに隔離されて死を待っているように奈緒子は思った。

老人病院からの帰り道、刈り入れの済んだ田んぼには稲の切り株が並んでいた。刈り取られたばかりの稲が竹竿に天日干しされている。奈緒子は子どもの頃、田んぼのなかを走り回って遊んだことを思い出して、少し明るい気分になった。タネを次に見舞う時には、もうタネには会えないのかもしれない。そんな辛い思いを田んぼを見て紛らしていた。

　カンナ寮に戻ると、玄関脇の労働組合事務所にいる真治の背中に目が止まった。奈緒子がガラスのドアをノックすると、真治が振り向いた。

「お疲れさまです。有平さん、先日の件、婦長室で聞いてくれましたか」

　奈緒子は書記次長で組合専従の真治に尋ねた。

「奈緒ちゃん、それが大変なんだ。五人目の退職者の他にも退職願を出している看護婦が二人もいて、今、説得して引き止めているっていう話だったよ」

　普段はのんびりしているように見える真治が今日は血相を変えている。ようやく事の重大さに気づいた感じだった
「えーっ、それじゃあ、外科病棟はどうなるんですか。さとみさんが言ってたけど、他の病棟から応援に行かないといけなくなるんじゃないかって言われたんです」

　相変わらず、事務机に山積みになった書類を少し押しのけて、奈緒子は自分のスペースを作って椅子に腰掛けた。

「取りあえず、夜勤の看護婦を回すために、日勤の看護婦の人数を減らさないといけないらしい。看護部長の池田さんが言ってたけど、管理部での決定はまだ先だけど、八床部屋を三つ、閉鎖して対応することを考えているって」

「大部屋を三つも……」

　事態はまさに深刻な状況になっている。病棟を半分ほど閉鎖することになるのだ。奈緒子は応援に行きたくないなどと、生易しい事を言っている場合でないのだと実感した。これから先、他の病棟に広がる可能性もある。欠員になっているのは外科病棟だけではないのだった。

「看護婦がこれ以上、辞めるのを食い止めないと、病院が成り立たなくなる。どうしたらいいんだろう。来週の支部執行委員会で、この問題を話し合わないとダメだよ。ねえ、奈緒ちゃん」

　真治はまるで人が変わったように、声を大にして

奈緒子を見つめた。

「はあ、そっそうですね。でも、何からやればいいのか……」

奈緒子は、真治の提案にどう答えればいいのか、まだ見当がつかなかった。真治は一人意欲に燃えている。奈緒子にはまだ意欲を持てるような自信がなかった。

「私、今日、すぐそばにある老人病院に退院した患者さんを訪ねて面会してきたんですよ。有平さん、知ってますか」

「いや、どんな病院だった」

「うちの病院がオープンする前は、老人を点滴漬け、検査漬けにして儲けていた悪徳病院だったんですって」

「まさか、マスコミで一時、騒がれたあの病院?」

「そう、それです。今日、お見舞いに行ってきたんですけど、大部屋に患者さんたちがたくさん詰め込まれて、寝かされっぱなしになってたんです」

「ふーん、そうだったんだ」

真治はマグカップにインスタントコーヒーを入れてポットからお湯を注ぎ、考え込むように言った。奈緒子はコーヒーにミルクと砂糖を入れてゆっくりかき混ぜながら、真治が言った事について考えていた。

「病院が老人のサロンになってると言って、せっかく運動して勝ち取った老人医療費無料化が、なし崩しになって有料化されたしね」

真治は机に山積みになっていた組合ニュースの記事をみて奈緒子に言った。中曽根内閣になって一九八三年から老人保健法が実施されるようになり、それまで無料だった七十歳以上の医療費が一部、有料化されてしまった。続けて翌年の一九八四年には健保本人の自己負担も課せられるようになってしまったのだ。病院の玄関前には、医療費負担に反対する署名用紙が置かれ、赤や青ののぼり旗がにぎやかに立てられていた。

奈緒子は真治の話にうなずきながら、バブル景気で世の中は浮かれた雰囲気でありながら、なぜ、医療の現場では人手不足に苦しみ、老人が生きる場所をなくしているのか考えていた。

「そんなんじゃ、看護婦なんて務まらないわよ」

それは看護学生時代、看護教員からよく言われた言葉だった。もっと自分の看護婦としての能力を高めなければいけないのだと奈緒子は受け取っていた。でも、どんなに能力を高めたところで、どうにもならない事が現場にはたくさんある。

どうすれば、自分が思い描くような質の高い理想の看護ができるようになるのだろう。

奈緒子はあまりにも途方もない迷路に入り込んでしまったような感覚に陥っていた。

「あのう、飯まだだよね。良かったら、奈緒ちゃん、夕飯、一緒にどうかな」

真治は少し照れ臭そうに奈緒子に言った。

「えっ、これからですか」

奈緒子は急な真治の誘いに驚いた。

「うん、まだ五時半だし……」

「あっ、私、次回の学習会の本まだ読んでなかった。すいません、また予定のない時にお願いします」

奈緒子は一人でゆっくり考えてみたかったし、真治とはあくまでも労組だけの関係に止めておきたかったのだ。それに別れた英明への思いをまだ引きずっている。そう簡単に気持ちを切り替える事ができないのだ。

組合事務所を出て、カンナ寮の階段を上り、二階の一番奥にある自室に奈緒子は戻った。部屋の灯りをつけても誰もいない。一人暮らしをしたことのない奈緒子には、この部屋が無性に寂しく感じられたが、それもだんだん慣れてきた。

料理も母親任せで、ほとんどしたことがなかったが、少しずつレパートリーを増やしてきた。カップラーメンばかりでは身体によくないし、今日は大好きなオムライスを自分で作って食べようと思った。

周囲を田んぼに囲まれた病院だったが、自転車で十分ほど走ると、スーパーマーケットがあった。週に二回ほど出かけて行って、奈緒子は食材や雑貨を買い求めた。

一人暮らし用のワンドアの小さな冷蔵庫には、卵と人参、玉ねぎ、ハム、調味料程度の食材しか入っていない。ガス台にはガスコンロが一つだけあった。薬缶とフライパンを同時に熱する事はできないが、奈緒子は特に不自由も感じなかった。寮があるのは医師と看護婦だけで他の職員にはないのだ。贅沢《ぜいたく》は言えなかった。

フライパンを熱して、野菜やハムを炒め冷やご飯を入れて、ケチャップで味付けした。

薄焼き卵をケチャップライスに載せれば、オムライスの出来上がりだ。奈緒子は黄色い卵の上から、ケチャップで字を書いた。

――Nightingale

ケチャップの文字はどんどん滲んで行って、結局、字にはならなかった。ナイチンゲールなら、看護婦の人手不足や老人医療など、奈緒子がいま直面している問題にどんな答えを出すのだろう。奈緒子はオムライスを一口ひとくち、スプーンで崩して食べながら考えていた。

夕飯を食べ終えてベッドで横になっていると、睡魔が襲ってきて奈緒子はうとうとしてしまった。明日は準夜勤で午後四時からの勤務だったので、ついのんびりした気分になっていた。

前回の看護講座で池田看護部長に紹介された宿題の本を読むつもりだったのが、なかなか手をつけられず気になっていたのだった。

その一つは、『イギリスにおける労働者階級の状態』という文庫本にして上下二冊もある長いものだった。フリードリヒ・エンゲルスがこの本の著者だ。ナイチンゲールが生きた十九世紀のイギリスで、労働者階級の人々がどんな暮らしをしていたのかが克明に書いてあるらしい。奈緒子は途中まで目を通して、また眠くなってしまった。

一人で読み切る自信がない。奈緒子は本を本棚に戻して、ベッドで大の字になった。百年以上も前に活躍したナイチンゲールは、すぐに役立つような答えを出してはくれないのだ。

もう一つ、池田看護部長が紹介してくれたのは、宮本百合子という小説家が戦時中に書いたもので、こちらは言わばナイチンゲールの評伝だった。先程の本より短くて早く読めそうだった。どちらにしてもナイチンゲールの看護を理解するには、まだまだ時間がかかる。奈緒子は、眠い目を擦りながら、やはりまた本を閉じた。結局、本を読むのをあきらめて、奈緒子はパジャマに着替えベッドに入ることにした。

翌日、目を覚ましたのは午前十時過ぎだった。窓を開けると、すでに病院の駐車場にはたくさんの車が止められていた。今日も外来には待合室の長椅子に座りきれないほどの患者が来ているのだろうか。

――三時間待ちの三分診療

と言われるように、待ち時間の長さは外来の大きな問題になっている。いらいらした患者に、ただひたすら謝りながら、職員は滞りなく検査や診療を進めて行かなければならないのだ。奈緒子はそんな外来の殺伐とした様子を考えながら窓を閉めた。勤務表で今日の夜勤のペアを確認すると、大学病院を三年で辞めてきたあの西川真由美だった。

八　暴風雨

ナースステーションはいつになくざわついている。午後から緊急入院でもあったのだろうか。奈緒子は準夜勤で、日勤の後をひき継ぐ午後四時から翌日の午前零時過ぎまでの勤務だった。白いスタンドカラーのユニフォームにナースキャップ、それに薄いピンクのエプロンをつけた。奈緒子はこれから始まる勤務に挑む戦士になったような気持ちで、申し送りが始まる三十分前にナースステーションに入った。壁掛け時計の針は十五時三十分を指していた。

元々の設計では病室だったところなので、ドアを閉めれば閉鎖的な場所になる。オープンカウンターの開放的なナースステーションは、まだ他の病院でもほとんど見かけなかった。心電図モニターの緑色の波形が不規則に流れていく。患者の名前と波形を見ながら、重症患者の状態を確認する。患者の名前だけが記されている表をバインダーに挟んで、自分がやらなければならない業務を温度板の医師の指示表から、抜き書きしていかなければならない。

　夕食前の血糖測定とインスリン注射、食事介助、オムツ交換、午後八時の抗生物質の点滴、夕食後と就寝前の薬剤投与など、やるべきことは山のようにある。四十八床をたった二人だけの看護婦が走り回って、消灯時間の二十一時までにほとんどのことをしなければならないのだった。

　ナースコールの白鳥の湖に混ざって、電話が鳴った。まさか外来から緊急入院が来るのではないだろうか。誰もがこの勤務交代時の微妙なタイミングでの入院を恐れている。日勤帯からの申し送りが終わるまでに入ってくれれば、日勤者が入院を受けることになる。

「はい、三階西病棟です」

　電話に出たのは病棟クラークの女性だった。クラークは医療事務の仕事をしており、診療報酬の請求業務などを主にする。彼女はベテラン職員で分からないことはいつも彼女を頼って教えてもらっていた。

「あっ、はい。じゃ、小暮婦長に代わりますね」

　いつもは落ち着いて冷静に対応する彼女の声が少し戸惑っているように聞こえた。誰からの電話だろう。恐れていた緊急入院ではないのか。クラークに呼び出された小暮婦長がまもなくナースステーションに入ってきた。

「もし、もし、小暮でございます」

　少し鼻にかかる婦長のいつもの話し方が、微妙に尻上がりになっているように感じた。

「じゃあ、あなた、勤務に出て来られないっていうことなのね。そうですか、分かりました。休むしかない訳ね。私が勤務調整しますけど、受診の結果を早めに教えてちょうだい。はい、はい、はい」

　奈緒子は小暮婦長の電話の内容を聞いて、すぐに事情を察知した。夜勤のペアになっている西川真由美が体調を崩して、これからまもなく始まる勤務に来られないようだ。もうあと二十分くらいしかないというのに、婦長は誰と勤務を交代するというのだろう。

「困ったわねえ、今頃になって夜勤に来られないなんて」

小暮婦長は電話を切った後、目をとがらせて壁にかかった勤務表を手に取った。勤務表は十八名の看護婦の名前を縦に並べ、横に日程が並んでいる。小さなマス目の中で右上から左下へ斜めに線が引かれているのが準夜勤。深夜勤は左上から右下に向かって斜めに線が引かれている。

「もう今からじゃ、動かしようがないわね」

小暮婦長はそう言って、一つ大きなため息をついた。不安そうに婦長の言動をうかがう奈緒子の姿を知りながら、何が起こったかを説明する気力さえないようだった。そこへナースステーションに入ってきたのは萩尾さとみだった。

「萩尾さん、いま電話が入ったのよ」

小暮婦長は顔をしかめながら、力ない声で萩尾さとみに話しかけた。

「誰からですか。もしかして、西川さん」

さとみは婦長の一言で全てを悟ったようだった。

「ええ、それが病院に向かう途中の駅の階段で足をくじいたんですって。痛くて歩けないから整形外科に受診して、今日は休みますって言うのよ。誰かに今日の準夜勤を代わってもらわなきゃいけないの」

困惑しきった小暮婦長の言葉は、嘆くような口調になっていた。

「私、このまま準夜勤、やりますよ。どうせ、明日、休みだし。それが一番、いいんじゃないですか、小暮婦長」

真由美の代役を誰かが務めるのは、これが初めてではなかった。半ば予想できる事態でもあったのだ。だが、さとみが日勤、準夜勤と続ければ、十六時間にも及ぶ長時間勤務になってしまう。小暮婦長に対するさとみの口調はかなり強くなっていた。

「本当にごめんなさいね。萩尾さんにはいつも代わってもらって感謝してるのよ」

こんな時のさとみに対する小暮婦長の言葉は、何か歯が浮くような感じがした。さとみは小暮婦長とは目を合わせず、デスクの上に積み上がっている温度板を自分の方に引き寄せた。

「じゃ、私は準夜勤への申し送りはいらないから、記録に入りますね」

「そうね、記録が終わったら早めに休憩に入ってゆっくり休んでね。それまで私がナースコールの対応してますから」

「はい」

さとみと小暮婦長との冷ややかなやりとりを隣で聞きながら、奈緒子はいつかさとみが爆発するのではないかと不安に思った。

「ああ、佐山さん、そういうことだから、準夜勤は萩尾さんとお願いしますね」

「あっ、はい。分かりました」

奈緒子は小暮婦長がようやく自分の存在に気づいてくれたのだと思った。まだ婦長に反論することなどできない奈緒子は、婦長にとって敵には数えられていない。婦長が自分に向かって何か話す時には、さとみに対するより口調が柔らかくなっているように思えた。

誰かと敵対するとか、味方するとかではなく、自分自身の意見をしっかり持ちたいと奈緒子は思っていたが、今はまだそんな自信も持てないでいた。

さとみは隣のデスクで看護記録を広げ、ペンを走らせていた。声をかけるのが怖いようなかたい表情だ。奈緒子も目の前の温度板に集中しているため、さとみに声をかける余裕すらない。

「小暮婦長、それで西川さんの受診の結果はいつ頃、分かるんですか」

さとみは目を記録用紙に落としたまま、婦長に食ってかかる。ステーションの中はすでにピリピリとした雰囲気になっていた。

「これから受診するっていうんだから、まだしばらくかかるでしょう。そんなこと何で私に聞くのかしら」

婦長も応戦の構えだ。周囲のスタッフはもう何も聞こえないふりをして、二人のやりとりに聞き耳を立てている。

「明日以降の西川さんの勤務だって考えて下さいよ。もし、骨折でギプス固定なんてことになったら、今日だけの変更ですむ訳じゃないんですから」

さとみのいらだちを込めた声は聞いているスタッフを震え上がらせた。さとみは奈緒子のほうに顔を向けて目配せした。自分の意見に対する同意を求めているのだろう。奈緒子はそのサインを受け取るようにさとみの顔を見た。

「まあ、そうでしょうけど、まだ骨折と決まってはいませんからね。受診の結果を待ってからでも遅くはないでしょう」

小暮婦長の言い分は間違っているとは思えなかった。こんな時、せっかちに事を荒立てるのがさとみの悪い癖だ。そう思いながら、奈緒子には先輩に物申すことなどできない。

自分は中立で決して誰にも迎合しない。心の中だけはそう思えていても、それを口にして行動に移すことができない。建て前上は世話になっているさとみへの賛同を示すことしかできないことがなさけなかった。日勤からの申し送りが始まる。どことなく緊張したムードが広がる中で、小暮婦長が病棟日誌を読み上げた。

「はい、それでは申し送りを始めます。本日の予定入院は三名、三一九号室に○○さん、三〇三号室に○○さんが入りました。担送十五名、護送二十名、独歩十名です。空床は三床ですが、そのうち二床は明日の入院予定になっておりますので、緊急入院は入れません。よろしくお願いします。

それから、本日の準夜勤の西川さんが休んでおりまして、日勤の萩尾さんに代わって頂きました。皆さんも怪我や病気などに十分に気をつけて下さいね。夜遊びなんてもっての外ですよ。他の職員に負担をかけないようにお願いしますね」

小暮婦長の鼻にかかる声と、スタッフの怠慢をなじるような最後の一言が奈緒子の気持ちを逆なでする。そんなことはみんなよく分かっている。勤務がきつくて疲れがたまっているからこそ、風邪も引くし怪我もするのだ。まぢかにそれを見ていながら、小暮婦長はどうしてそんな言い方しかできないのだろう。奈緒子は腹立たしく思った。

他のナースも決して素直に婦長の言うことを受け止めてはいない。申し送りの準備に追われている日勤ナースの島野洋子は冷ややかな顔つきをしていた。デスクの上に積み重ねられた温度板をいくつか取り出しては、記入の漏れている箇所を探してチェックしている。

そしてまた奈緒子は洋子から、目配せされた。おそらく小暮婦長の言葉に納得できないことを奈緒子に知らせるためだろう。こうした無言のやりとりがスタッフの間で交わされていることを婦長も気が付いているはずだ。奈緒子は嫌な気分になった。洋子の目配せには応じたくない。洋子の目に自分の顔はどんなふうに映ったのだろう。

洋子からの申し送りが始まって二十分くらいが経った頃、途中で小暮婦長が口を挟んだ。

「最近、申し送りが長くなっているから気をつけて下さいね。前にも言ったと思いますけど、いま婦長会で申し送りの廃止を検討してますから、こんなに長々と時間を取ってる場合じゃないですよ。もっと時間短縮して最低でも……」

「あの、お言葉ですけど、大事なことをしっかり申し送っておかないと、患者さんの安全を守れないですよ。それに申し送りの途中で口を挟まれたんじゃ、余計に長引くじゃないですか」

洋子は間髪を入れず小暮婦長の言葉をさえぎって反論した。

「島野さん、あなたは正論を言ってるかもしれないけど、申し送り中の患者さんの安全も守ってるって言うんですか。申し送りの廃止が婦長会で決まったらちゃんと従ってもらいますからね」

奈緒子は洋子の意見をもっともだと思ったが、それを一緒に婦長に伝えることはできず、二人の成り行きを静かに見守るしかなかった。

婦長に言い負かされて、それ以上反論できなかった洋子はいらついた様子で、その後の申し送りを早々と切り上げてしまった。奈緒子のバインダーのメモには、日勤からの申し送り事項をわずかしか書き取っていなかった。

これで深夜勤のナースにしっかりと申し送りができるのだろうか。日勤帯に医師からの指示内容が変わったり、新しく追加になることも多い。何より新入院の患者の状態などは聞いておかないと何も分からないのだ。

奈緒子は人が足りないことを理由に申し送りを廃止しようという婦長会の安易な発想がどうも腑に落ちないでいた。すでに廃止している病院の報告が看護雑誌にいくつも掲載されて話題に上っていた。まるでそれはトレンドのように思われている節さえあった。

窓の外の田んぼの景色が急に暗くなり、厚い黒雲が空を覆い尽くしていた。今夜は台風の接近で暴風雨になると、天気予報が出ていた。奈緒子は勤務の始まりに暗澹《あんたん》たる気持ちになった。病棟の半分が閉鎖することになった外科病棟では、どんな混乱が起こっているのだろう。雨が窓ガラスに打ちつけられ流れ落ちていくのを奈緒子は見た。

申し送りが終わると、まだ日勤の看護婦がいるうちに早めの休憩を三十分ほど取ることになっている。ナースステーションの廊下を挟んで向かい側の休憩室には、西川の代わりに日勤に引き続いて準夜勤をすることになったさとみがいた。

「日勤で疲れてるのに、準夜勤まで連続でするなんて大丈夫なんですか」

奈緒子はさとみに声をかけた。

「ぜんぜん平気。体力だけは自慢できるからね。だけど婦長も相変わらず腹たつわ。いつも他人を頼ってくるくせに自分じゃ夜勤を代わろうなんて気持ちないんだから、呆れるよ、ほんと」

ナースステーションにいる小暮婦長に聞こえるかもしれないくらいさとみの声は大きかった。奈緒子はさとみの言葉にうなずきながら、婦長が夜勤に入ったらおそらく他のナースのようには動けないだろうと思った。普段、管理業務をしている婦長には現場の業務をスムーズにこなすことができないのだ。

西川のように急に休むことになった勤務を埋めるために、勤務表を難解なパズルのように日々変更しなければならないし、婦長会などの会議も多くて現場にいない時間も長い。小暮婦長の気持ちも分からないではなかった。

さとみが座る休憩室の長椅子の後ろには、ホワイトボードの掲示板があった。そこにはいつもたくさんのプリントがばらばらに重なり合うように貼られている。他のプリントの合間から労働組合ニュースに目が止まった。

それは大きな見出しで二階東病棟の一部閉鎖を報じたものだった。看護婦不足への対応として実施されたこと、それによる収益の減が年末の一時金にも影響を及ぼすことが記載されている。

病棟では看護婦の疲弊感がかなり増している、人手不足による悪循環を断ち早急に人員確保の対策が必要であると書かれていた。

「ねえ、さとみさん、組合ニュース読みましたか」

「ああ、読んだよ。やっと組合も看護婦のために腰を上げてくれましたかって感じ。奈緒子が事務所に乗り込んでって、訴えたから良かったんじゃない」

「さとみさんが、聞いてこいって私に言わなかったら、組合事務所になんて行ってませんよ」

奈緒子はさとみとのやり取りを思い出した。組合専従の有平真治を訪ねた時、彼は病院の現場をよく知らなかったし関心も薄かった。手術室の看護婦が危険手当を要求したが、手当ばかり増やしても全体の基本給をベースアップしなければと要求をはねのけてしまうような執行部だった。もっと看護現場の実態をしっかりととらえてほしいと思っていた。

今回のニュースでは現場の看護婦の声も聞いて、執行委員会でも討論がされたのだろう。様々な問題が山積していて看護婦の労働問題に手付かずだったように思えたが、事態の深刻さも手伝って組合の姿勢も変わったように感じた。

あの狭いごみごみした組合事務所で、夜遅くまで組合ニュースを作っている真治の真剣な横顔が浮かんできて、奈緒子は自然と頬がゆるむのを感じた。

看護婦が不足して現場の看護婦が疲弊すればするほど人間関係がすさんでくる。どうしてこんなにぎすぎすと苦しい思いをしなければならないのか。こういう時ほど一緒に手をたずさえて乗り越えなければならないのに。

小暮婦長がこんな時さえ、変わろうとせずに頑なにスタッフを従わせようとする気持ちが奈緒子にはよく分からなかった。

「そう言えば、整形外科から移ってきた子って、どんな子」

さとみがAチームで受け入れた木下綾という患者について奈緒子に尋ねた。

「それが下半身麻痺でぜんぜん歩けないらしいんです。まだ十五歳の誕生日を迎えたばかりって聞きました。でも、特に脊椎《せきつい》の疾患も障害もなくて、整形外科の医師は治療の必要がないって言うことで、内科に回ってきたそうです」

奈緒子が申し送りで洋子から聞いた情報を伝えると、さとみは何か考えるように目を閉じた。

「ふうん、そうなんだ、なるほど。それで学校にはもちろん、行けてないんだろ」

「そうですね、入院してる訳だし」

奈緒子には想像もつかなかったが、どうもさとみには何か考えがあるようだった。みずぬま協同病院に来る前は国立病院の小児科病棟に勤めていたさとみは、子どもと聞いてうれしく思ったようだ。

奈緒子は洋子の申し送りを思い出しながら、木下綾という中学三年生の女の子とどんなふうに関わったらいいか不安に思った。

「あんまり自分からしゃべらないみたいです。こちらから一方的に話してうなずくか、頭を横に振るかっていう感じみたいです」

「それで担当の医者は誰なの」

さとみの目つきは真剣そのものだ。

「確か石橋先生だったと思います」

「ふん、石橋ね」

さとみは可もなく不可でもないという意味でそう言ったように奈緒子には聞こえた。担当の石橋圭一は二年の研修期間を終えた三年目の医師だ。

　奈緒子とは同期ではあったが、年齢は十歳ほど年上で寡黙な朴訥な感じだった。奈緒子は何を話せばいいのか考えてしまうようなことが多かった。

「私、一度だけ、石橋先生に言われたことですごく忘れられないことがあるんです」

　奈緒子はさとみに言った。

「へえ、どんなこと？」

「お年寄りの男性患者さんのことだったんですけどね。ちょうど、今日みたいな準夜勤の時ですよ。私が夕食後の配薬に回っている時だったかな。ベッドサイドで患者さんの診察を終えた石橋先生が〈ひげ、剃ってやってよ〉って私にぽつりと一言、言うんですよ」

「ほう、そんなこと石橋が言ったんだ」

　さとみは面白そうに奈緒子の話を聞いていた。

「その人、確かにひげが伸びちゃってたんです。私も気にはなってたんですけど、二人だけの夜勤でひげ剃りなんて、ゆっくりしてる暇ないじゃないですか。そんなことしていたら、夜勤のペアの人に迷惑をかけるし。でも、患者さんの身だしなみを整えるって看護婦の仕事なのに、それができてなくて医者に言われるなんてすごく恥ずかしかった。だけど、石橋先生って医者らしくなくて普通の人の感覚をちゃんと持ってるんだなあって、感心しちゃったんです」

　忙しい医師が看護婦に話すことと言えば、点滴や注射の指示ばかりだった。患者さんのひげが伸びてることに気づいても、それを口にすることなんて全くと言ってなかったのだ。

「なるほど、石橋らしいね。ちょっと変わり者だけど、いいとこあるじゃん」

　とかく他人に対する評価が厳しいさとみもそんな石橋医師を認めているようだった。

「患者の立場に立つってよく言うけど、ただ表向きだけ優しくたって駄目なんだよ。患者がいま、どんな気持ちでいるか、そこをちゃんと見抜ける目を持たなきゃな」

さとみの言葉に奈緒子は驚いた。どんなに忙しくても苦しくても、これまで患者の立場に立つという言葉にしがみついて歯を食いしばってきた。でも、さとみが言うように患者に表面的に優しくすることだけにこだわっていた自分がいたように思った。

奈緒子は自分が傷つくのが怖くて、これまで他人に自分の気持ちを解放することがなかったのだ。だから、さとみのように患者さんに本心を打ち明けてもらうことができないでいた。どうすればさとみのようになれるのだろう。

木下綾のように心を閉ざして、おしゃべりもしない女の子の気持ちをとらえることなんて出来ない。奈緒子には自信がなかった。石橋医師は主治医として綾にどんなふうに関わるのだろう。

「その子に毎晩、寝る前に足浴してみなよ。足が痛くて動かないって言ってるんだよね」

唐突なさとみの提案に奈緒子は面食らった。

いつだってさとみの行動提起には驚かされる。どう考えていいのか判断すらつかないまま、奈緒子は先輩であるさとみの意見に従ってきたのだ。本当は自分でもきちんと考えて行動できるようになりたかった。

「寝る前に足浴？　そんな忙しい時間帯に足浴なんて、みんなに反対されそうですけど」

確かに足浴には血液循環を良くして体を温め、睡眠を促す効果があるとみんなで学習したばかりだった。自然治癒力に働きかけるというナイチンゲールだったら、これが看護だと太鼓判を押してくれるだろうか。

第一、綾がそれを受け入れるかどうかもまだ見当がつかなかったからだ。それでも反論できる理由を考えつかない奈緒子は、さとみの提案にうなずくしかなかった。

「じゃあ、今日からやってみますね」

「素直なところが奈緒子の取り柄だよね」

「もー、さとみさんにいつも振り回されて、私、苦労してるんですよ」

さとみの言葉はちょっと納得がいかなかったが、

奈緒子は仕事のやりくりを頭の中で考えていた。突然のさとみの思いつきに奈緒子はいつも惑わされていた。でも、それはいつでもプラスの結果を導きだすのだ。奈緒子には信じられない才能だった。

休憩を終えてナースステーションに戻ると、日勤のナースはまだ慌ただしく立ち働いていた。温度板や看護記録を記入して勤務を終えるのはまだ一時間以上、先になるだろう。

夕食前の血糖測定の準備をしているとナースコールが鳴った。女性の大部屋からだ。奈緒子が病室に行くとコールしてきたのは、木下綾だった。快活そうなショートカットだが、表情は暗くさえなかった。

「足が痛い」

綾は目線を奈緒子に合わせなかった。

「そうなんだ。どこらへんがどんなふうに痛いのかな」

奈緒子は伏し目がちな綾に質問した。痛み止めの薬の指示は整形外科から出ている。でも原因がはっきりとしないことが分かっているので、できれば薬でなく足浴で痛みを改善できたらと考えていた。

「両足の先。痛いから痛いって言ってるの」

綾は少しとがった口調で返事をした。

九　雲間に光る月

八人部屋の左から二つ目のベッドで、木下綾は上半身を起こして痛む足先を見つめていた。

「痛いんだから、早くどうにかしてよ」

奈緒子は投げやりにぶつけられた綾の言葉に驚いた。

「そう、痛いんだね、つらいでしょう。それでね、綾ちゃんにちょっと相談があるんだけど、聞いてくれる」

綾は視線を下に向けたまま、奈緒子の方を見ようとはしない。無言の反応に奈緒子は動揺しながらも話を進めることにした。

「あのね、寝る前に温かいお湯に足をつけてみたいんだけど、どうかな。痛みが少し楽になると思うよ」

奈緒子の言葉に綾は何も言わずにこくりと頭を下げた。

「じゃ、ものは試しってことでやってみてね」

原因になるような病気もなく、痛み止めの薬さえ効かない綾の足の痛みに医師も頭を抱えていた。綾の両足はまるで麻痺したように力が入らない。ヒステリー症状を疑うと医師の青カルテに記載があった。

車椅子で移動する綾の後ろ姿からはバスケットボール部で活躍する快活なイメージはまったく想像できなかった。入院生活はもう半年以上にもなっている。中学三年生になる綾の心のうちを知りたいと思いながら、それはなかなか難しいことだった。

また、他の病室でナースコールが鳴っている。奈緒子は綾とゆっくり話をする時間を作りたかったが、夕食前は仕事が立て込んでいてとても無理そうだった。後ろ髪を引かれるようにナースコールを押した患者の病室に向かった。きっとまた、萩尾さとみにどうだったのと聞かれる。その時に自信をもってしっかり答えられるようにしたい。奈緒子はそんな思いにかられていた。

食前の血糖測定とインスリン注射を三名ほど済ま

せると、もう夕食の配膳車が栄養科から運ばれてきていた。廊下の中央まで運ばれてきた配膳車には四十五名分の患者の夕食が収められている。今晩の献立は筑前煮にほうれん草のおひたしとご飯に味噌汁だ。出汁のいい香りが少しずつアルコール臭い病棟に広がっていく。奈緒子はステーションに戻り、ナースコールの一斉のボタンを押して受話器を握った。

「お待たせしました。夕食の準備ができました。歩ける方は取りにきて下さい」

奈緒子の声が病棟中に響いた。軽症の動ける患者が配膳車まで食膳を取りにきた。自分で運べない患者には一人ひとり病室まで持っていかなければならない。お茶配りや配膳は看護助手が一緒に手伝ってくれていた。

配膳を済ませた後は食事介助に入る。いまは老人病院に転院してしまった菅谷タネはどうしているだろう。奈緒子はかつてそばに座って一口ひとくち、スプーンを口に運んだタネのことを思い出した。

十五分から二十分、時間のかかる食事介助は患者とゆっくり関わることができる唯一の時間と言える。でも、気持ちはいつしか次の仕事の段取りに追われてしまうのだった。

「あたしが鈴木さんのとこに食事介助に入るから、奈緒子は清水さんお願い」

さとみが食膳を運びながら、奈緒子に声をかけた。

「はーい、さとみさん。分かりました」

夜勤でペアになったナースとはこうして声を掛け合いながら仕事を進めていく。気の合わない人とペアの時には仕事を分担するのもなかなか上手くいかない。西川真由美が仕事を休んでさとみと仕事を代わったので、奈緒子はちょっとほっとした気分で仕事ができた。

菅谷タネがいたベッドには、七十代の男性が入っていた。清水功夫は慢性腎不全で血液透析導入を控えた患者だった。左右のベッド柵にかけるようにしてテーブルを置きベッドの頭部を持ち上げる。

「さあ、お食事にしましょう」

「はい、お願いします」

奈緒子はベッドの足元にあるハンドルをくるくると回した。食事が食べられるくらいに高く上げるには十回以上、ハンドルを回し続けなければならない。腰の痛みを感じながら、奈緒子はベッドの上がり具合を確認して、立ち上がった。食膳をテーブルの上に置いて、スプーンで一口、二口と食事を運んだ。

「お味はどうですか」

「まずいよ。味が全然ないじゃないか。こんなもんばっかり食わせるなよ」

奈緒子は功夫のきつい言葉に驚いた。

「そうですか。塩気がないのは腎不全食だからなんですけど、たしかに食欲がなくなりますよね」

そう言いながら、奈緒子がまたスプーンを口に運ぼうとすると、功夫は眉間にしわを寄せて言った。

「もういいよ。食べたくない。こんな食事、もういらないから下げてくれよ」

功夫の怒りは収まらなかった。あまりにも激しい口調だったので、奈緒子はもうこれ以上、食事介助を続けることができなくなってしまった。

「そうですか、分かりました。じゃあ、もう下げますね」

奈緒子は味がなくても何とか食事をしてもらいたかったが、説得することもできない自分が情けなかった。こんな時、どうすれば良かったのか。どうすれば、美味しく食べてもらうことができるのだろう。奈緒子は功夫のベッドをまた元の平らな状態に戻して、ほとんど手つかずの食膳を配膳車に持っていった。

さとみはまだ食事介助に入っているのだろう。奈緒子はナースステーションに戻って、一回毎に配布しなければならない患者の薬のケースを持って病室を回っていった。

「お薬を持ってきましたよ。こちらにおきますから、食べ終わったら飲んで下さいね」

声をかけながら、十名前後の患者に薬を渡していく。さとみが食事介助している鈴木さんの病室にも配らなければならない。奈緒子はその病室に行くのを一番、最後にしたものの、さとみに気づかれないはずはなかった。

「奈緒子、もう清水さんの食事介助終わったの」

「それが、こんな味がない食事いらないから下げてくれって言われちゃって」

「えっ、それでそのまま下げたんだ」

さとみの声は鋭く非難するような口調に聞こえた。奈緒子はきっとさとみに指摘されるだろうと思っていたが、自分の力不足を痛感させられ返事もできなかった。

「そんなことしてたら、清水さん、毎回、そう言って食べないことになるでしょ」

さとみはいらだっていた。表裏がなく誰にでも何でも言えるさとみの指摘は厳しい。確かにさとみの言う通りだ。

「だけど、どうしたらいいのか……」

さとみに食事介助されている鈴木さんが、年輪のようにしわのある顔で口ごもる奈緒子をにこやかに見つめている。

「きっとその人も、おなかが空けば食べるわよ」

奈緒子に同情してくれたのか、助け舟を出してくれたのだ。

「あっ、鈴木さんそうですよね。ありがとうございます」

呆れながら食事介助を続けるさとみに何も答えられぬまま、奈緒子はその病室を出た。でも腎不全で食欲がなくなっている清水さんが、おなかが空いて食べてくれるようになるのか保証はなかった。

まもなくして、白鳥の湖のオルゴールが響く病室に、奈緒子は追われるようにして向かっていった。どうしたらいいのか考える暇もなく次々と仕事が押し寄せてくる。奈緒子は長い病棟の廊下を何度も往復して歩きながら、清水さんのことを考えていた。

どんなに忙しいからと言って、それで看護をおろそかにしてはならない。奈緒子は患者と関わる時、どこか自分に自信を持てないでいた。もっと、患者の気持ちをしっかりと受け止めてどうすればいいのか一緒に考えればよかった。さとみに指摘されたことがなおさら奈緒子を惨めな気分にさせた。

午後七時を過ぎ下膳がすべて終わると看護助手の勤務は終了となり、文字通り夜勤者二人だけの勤務になる。これからまた午後九時の消灯までの間に、抗生物質の点滴や注射、眠前薬の配薬、ガーゼ交換などの仕事があった。

どこかでまごついて時間を取ってしまうと、消灯時間にくいこんでしまうのだ。今日は木下綾の足浴を約束している。時間に遅れたら綾はもうやりたくないと言い出すに決まっている。奈緒子はさとみから提案されたこととはいえゆっくり話しながら足浴できる時間が作りたかった。そのためには手際よく他の仕事を終わらせてしまわなければならなかった。

食事介助を終えたさとみがようやくナースステーションに戻ってきた。さとみは流しで手を洗いながら奈緒子に言った。

「あたしが点滴に回るから、奈緒子は綾ちゃんの足浴に入って」

「あっ、はい。じゃ、これお願いします」

抗生物質の白い粉を生理食塩水で溶かして注射の準備をしていた奈緒子は、途中で手を止めてさとみにバトンタッチした。処置室の流し台で湯を出して足浴用の深いバケツにお湯をためた。奈緒子は手で湯の温度を確認しながら、綾がどんな感想を言うのか予想していた。

喜んでくれるだろうか。もしかしたら、嫌がられるかもしれない。どちらにしても今日ははじめの一歩なのだ。拒否反応があっても仕方ない。奈緒子はどちらに転んでも想定内だと考えていた。

バケツにはようやく温かなお湯がいっぱいになった。重くなったバケツを力いっぱい持ち上げて、ステンレスのワゴンの上に載せた。

湯がこぼれないように慎重に病室まで運ぶ。奈緒子は顔まで布団をかぶっている綾におそるおそる声をかけた。

「綾ちゃん、約束通り足を温めるお湯を持ってきたよ。まだ眠ってないよね」

綾は返事も身動きもしなかった。奈緒子はひと呼吸おいて、また綾に声をかける。

「そのままベッドの上で温めることもできるよ。そしたら起き上がらなくてもいいし、やってみてもいいでしょ」

奈緒子はベッドの足元にビニールシートを敷いて、その上に湯の入ったバケツを載せた。

「そんなのやらない、いやだよ。止めて、止めてったら」

綾は布団をかぶったまま抵抗している。足は力なく横たえたままだった。

「そうなんだ。だけど綾ちゃん、少しだけ試してみない」

「どうせやったって、この足が良くなるはずないじゃない。あたしの足、もう動かないんでしょ。無駄だよ」

綾は小さなため息をついた。奈緒子は先ほど、清水さんに食事を食べてもらえずにすぐに引き下がってしまった。今度こそは粘って頑張らないといけないと心に決めていた。さとみもきっと気をもんでいることだろう。

「ねえ、綾ちゃん。何もしなかったらきっと変わらないよ。でもあたし、少しでも綾ちゃんの足が動くようにしたいんだよね。学校に行けるようになりたいでしょ」

奈緒子は横を向いて背を向けている綾に声をかけた。

「もう学校なんか行きたくない。行けるはずないじゃない」

綾の声は少しうわずって涙声のように聞こえた。奈緒子は綾が本当は学校へ行きたがっているのだと思った。

「そっか、綾ちゃん。学校へ行けなくてつらかったんだね。お友だちに会いたいでしょう。あたしね、中学校の頃に看護婦になろうって思ったんだよ。ナイチンゲールの伝記を読んで、自分も人の役に立てるような仕事をしたいなあって思ったの」

思いがけず、奈緒子は中学生だった頃を思い出して綾に語りかけていた。あの頃、思い描いていた看護婦の仕事と現実はかけ離れているけれど、自分で決めて進んできたこの道に悔いはないように思えた。

「実際はね、役に立てているのかよく自分でも分からないけど、でもいつも患者さんに励まされて支えられてる。だから何とか看護婦を続けてるんだろうなあ。綾ちゃんももっと気持ちを楽にして甘えていいんだよ。一人で頑張りすぎるとかえってつらくなるから」

　失敗しても見守ってくれる人がいる。苦しくてもその思いを分かち合ってくれる人がいる。奈緒子は自分の正直な気持ちを綾に話すことができた。足浴はできなくても、今日はこれでいいんだと納得できた。

　横を向いている綾の小さな背中が震えていた。綾はきっと何かに苦しんでいる。いまはまだそれが何か分からないけれど、綾が少しでも前向きに明るくなってくれればいいと奈緒子は思った。

「そこに置いてってよ」

　綾は確かにそう言った。もしかして足浴をするということなのだろうか。

「そう、じゃ、綾ちゃん。足元にバケツを置いていくからね。お湯が冷めないうちに足をつけてみて」

　奈緒子はバケツを床に置いて病室を出た。本当に綾は足浴をしてくれるのだろうか。実は綾に追い返されたのかもしれない。それでも良かった。少しでも正直な自分の気持ちを伝えられた。それだけで奈緒子は看護らしきことができたように思えたのだ。

それはさとみに言い訳するためではなかった。

　消灯時間になり各病室を回りながら電気を消していく。

「電気を消しますね。おやすみなさい」

　自分で閉められない患者のベッドのカーテンを引きながら、病室の窓の外に目をやると、もう暴風雨はおさまっていた。厚い雨雲の隙間から明るい月が見え隠れしている。はさ掛けされた稲の束が暗闇の中にうっすらと映し出された。病室の明かりは足元灯だけの薄暗い白黄色となった。

　綾の病室に残されたバケツには使用した形跡はなさそうだった。

「仕方ないか……」

奈緒子は静かになった病室で小さくつぶやいて、重いバケツをまたワゴンに載せ処置室の流しまで運んだ。

「どうだった。綾ちゃん、足浴受け入れてくれたの」

さとみが奈緒子の背後から声をかけた。奈緒子は大きく首を横に振った。

「そっか、今度、あたしからも声かけてみるよ」

清水さんの食事介助を中断した時にはさとみにきつく注意されたが、綾の足浴ができなかったことについては、あっさりと認めてくれた。

消灯時間を過ぎるとようやく病棟は静かになった。二十四時間、点滴をつなげている患者や心電図モニターや人工呼吸器をつけている患者だけは枕元の小さな灯りをつけたままにしている。足音を潜めながら時折、観察に行き、点滴を新しいものと交換したりする。

病棟の廊下を何度も往復して足がだるく重く感じるようになってきた。それでもまだやり残したことがある。綾と話し込んでいた時間、さとみが手伝ってくれたものの、他の仕事ができなかったからだった。ようやく腰を落ち着けてナースステーションで座ることができたのは、もう午後十一時を回っていた。休憩室の奥で物音がする。深夜勤務のナースが出勤してきたようだった。

もう少し頑張れば、勤務をバトンタッチできる。ほっとしたのはほんのつかのまのことだった。

「奈緒子、ちょっと来て。早く」

さとみが血相を変えてナースステーションにいる奈緒子を呼びにきた。昨日、入院してきたばかりの患者に異変があったようだった。血圧計のスタンドを三二〇号室のベッドサイドに持っていく。その女性患者は八十歳を越える高齢で、食欲がなく水分も取れない状態で点滴をしていた。

「ねえ、もう呼吸が止まってる。脈も触れないよ」

さとみが患者の細い手首を取って脈拍を探していた。

「今晩、家族が面会に来てたけど、まさかこんな急に亡くなるなんて」

奈緒子は急な異変に動揺していた。

「あたし、心臓マッサージして待っているから、早く武藤先生を呼んで。家族にも来てもらわなきゃいけないけど、まずは先生に確認とって」

さとみの冷静で的確な指示に従って、奈緒子は当直医である武藤医師を内線電話で呼び出した。

「あの、望月さんの呼吸が止まっています。脈も触れなくて、今、萩尾さんが心臓マッサージをして先生を待っています。家族にも連絡を取りましょうか」

奈緒子は口ごもりながら武藤院長に伝えた。

「あ、はい、はい。今、行くから」

院長の口調はいつもどこかぶっきらぼうだった。

電話を一度切って家族に連絡した。

「夜分遅く失礼します。みずぬま協同病院の看護婦の佐山です。望月晴子さんの容態が悪いので大至急、病院に来てください」

奈緒子はさとみから指示された通りに電話で連絡を終えてすぐ病室に向かった。さとみは心臓マッサージを続けている。老衰で死期が近いということは申し送られていたが、個室に移す余裕さえなく急変してしまったのだ。もっとよく観察していれば、こんなことにならずにすんだのに。

望月晴子さんは武藤院長の担当患者だった。娘さんとは今日の準夜勤で顔を合わせたばかりで言葉も交わしていない。母親の死を受け入れるのだろうか。電話先では少し慌てた様子だったように思えた。奈緒子は受話器を置くとすぐに病室に駆けつけた。

「さとみさん、あたし心臓マッサージ代わります」

「分かった。それじゃあ、一、二、三の掛け声で代わるよ。はい、一、二、三」

奈緒子は三の掛け声の後に間を空けずに心臓マッサージを交代した。武藤院長が来るまで何とか頑張って、娘さんとしっかりお別れできるようにしないと。奈緒子は望月さんの青白い顔を見つめてマッサージを続けた。

「おいおい、何やってるんだよ。そんなことしなくていいんだ。やめなさいよ」

白衣をひるがえすようにして駆け込んできたのは武藤院長だった。奈緒子はその言葉が信じられなかった。

「えっ、どうして」

すぐには心臓マッサージの手を止められなかった。家族が到着するまでは何とか生きていてもらいたかった。でなければ、死に目に会えなくなる。

「武藤先生、まだ家族が来てないんですよ。それに私たち、こうして先生を待っていたんですから、そんな言い方ひどいじゃないですか」

さとみが反論してくれた。高齢だから人工呼吸器はつけない方針だとは聞いていたものの、最低限の蘇生処置はするものと思っていた。急なことでそこまで情報共有していなかったのだ。

まもなく娘さんが病室に到着した。武藤院長はすぐ目にライトを当てて散瞳《さんどう》を確認した。

「二十三時五十六分、お亡くなりになりました」

娘さんはまるで事態が飲み込めないような様子だった。

「ご愁傷さまでした。こんなに早く亡くなってしまってお辛いでしょう」

さとみが娘さんに声をかけてくれた。

「ええ、まだもう少し生きていてくれるものと思ってました」

奈緒子はエンゼルケアセットを持ってきて、娘さんと一緒に望月さんの口元に濡らしたガーゼを当て、死に水を取ってもらった。もう午前零時を過ぎて、深夜勤のナースに申し送りをする時間が来ているが、それどころではない。さとみと二人で身体を清めて着替えさせ、薄化粧をして顔に白い布をかけた。

葬祭業者が迎えにくるまで、霊安室に安置して家族に待ってもらうのだ。お線香をあげて手を合わせ娘さんに挨拶した。真夜中の霊安室は暗くて湿っぽかった。

病棟に戻るとさとみは先ほどの武藤院長の吐き捨てた言葉に憤慨していた。

「なんなのよ。まるで一生懸命、心臓マッサージしていたのが悪いみたいじゃない。あたしたちだって、やりたくてやってるんじゃないわよ。家族のことを思ってやっただけなのに」

「そうですよ。何もあんな言い方で看護婦を怒鳴りつけなくたっていいですよね」

さとみが怒るのも無理はない。奈緒子だって同じ気持ちだった。せめて、親の死に目に間に合うようにしてあげたいと思っただけなのに。

「結局、院長には経営とか効率とか、そういうものばかりが気になってて、患者や家族の気持ちなんて二の次なんじゃない。きょう、よく分かったよ。どうせ寿命なんだから、心臓マッサージなんて無駄なことするなってこと」

さとみの興奮はおさまらなかった。

「あたしも、ほんとに納得できません」

奈緒子も胸にふつふつと怒りが湧いてきた。武藤院長はどうして職員を怒鳴り散らして自分に従わせようとするんだろう。私たちは共に患者の立場にたつ医療を目指しているんじゃなかったか。

深夜勤のナースに申し送りを終えて看護記録を書き、仕事が終わったのはもう午前三時過ぎになっていた。さとみは日勤からの引き続きの準夜勤だったのだから、相当に疲れているだろう。いつもなら、申し送りが終わってから、しばらく休憩室でおしゃべりして過ごすところだったが、今日は疲れすぎてそんな余裕もなかった。

「奈緒子、おつかれ。気をつけてな」

「お疲れ様でした。さとみさん、ゆっくり休んで下さいね」

さとみの声は力なく聞こえた。奈緒子は今日の準夜勤のことを悔しさとともに心に刻みつけた。医師や看護婦が足りないなかで、みんな頑張って働いているのに、なぜ、職員同士いがみあわなければならないのだろう。

ベッドに倒れ込みながら、奈緒子はそのことばかりが頭を離れなかった。身体が重くベッドの底に沈んでいく。綾の悲しげな背中が震えている。もっとゆっくり時間を気にしないで話がしたい。そこにこそ本来の看護があるのではないだろうか。

十　神のお告げ

準夜勤を終えて午前三時過ぎにカンナ寮に戻った奈緒子はしばらく寝つけなかった。頭の中で患者の木下綾のことや武藤院長から怒鳴られたことなどが、一つひとつ思い出された。救急車がまた病院の救急外来に来たようだ。夜のとばりをぬってサイレンの鳴る音が聞こえ、いま静かに音を止めた。

目覚めた時は、もう日差しが高くなっていた。今日の夜は看護講座でまたナイチンゲールについて学習することになっている。奈緒子は遅い朝食を食べながら、課題となっていた本のページをめくった。

先月は奈緒子がレポーターを務め、ナイチンゲールの『看護覚え書』でサブタイトルになっている「看護であること、看護でないこと」について学びを深めた。病気とは回復過程であって苦痛の原因は必ずしも病気によるものではない。新鮮な空気や陽光、暖かさ、静かさ、清潔さ、食事の世話などが欠けて生じる症状であることが多いと指摘。患者の生命力の消耗を最小にするように、これらを整えることが看護だと述べていた。今晩の講座では、ナイチンゲールはどうしてそれが看護だと導き出したのか、その背景を探るために学習することになっていた。

宮本百合子が書いた「フロレンス・ナイチンゲールの生涯」という評伝は、奈緒子が小学校の時に読んだ伝記とは違い、一人の女性としてその時代の英国でいかに生きたかが論じられていた。上流階級に生まれ、産業革命直後のまだ女性が社会で独り立ちして生きるのに困難だった時代に衛生改革を成し遂げたのだ。救貧院で目の当たりにした現状や、クリミア戦争での兵士の看護を通して、ナイチンゲールは人々の健康にとって必要な看護とは何かについての理論を培っていったのである。

奈緒子は看護講座でナイチンゲールに詳しい池田看護部長の話を聞くのが楽しみだった。看護講座で学ぶと看護のやりがいを感じることができる。明日は何をやろうかと楽しく思えてくるのだった。

その夜、病院の会議室に集まったのは十名ほどだった。メンバーは病棟の半分を閉鎖している外科を除く、内科系の病棟の若い看護婦たちだった。

「お疲れ様。たくさん集まって良かったわ。忙しくて疲れているのに、みんな、ほんとによく頑張っているわね」

池田看護部長が会議室に顔を見せるなり、励ましの言葉をメンバーに投げかけた。奈緒子は部長の言葉にいつも元気をもらっていた。

「前回は『看護覚え書』を読んだので、今回はナイチンゲールが生きた当時の時代背景やイギリスの社会について学んでいきたいと思います。レポーターを決めていないので、私の方で進めていきますね。

皆さんには宮本百合子が書いた評伝を読んでもらいました。私はね、ナイチンゲールが十七歳の時に『神のお告げ』を聞いたというエピソードがすごく気になっていたんです。私はクリスチャンじゃないので、そういう感覚がよく分からなかったんですね。

ナイチンゲールは上流階級出身のレディですから普通に生きていれば働く必要はなくて、華やかな社交界にデビューして結婚し、家族に尽くすというレールが敷かれていた訳です。でもそうした人生を自ら否定し、そうでない道を選んだ非常に稀有《けう》な女性だったと言えます。周囲や母親からの大反対を受けて、すぐには看護の仕事をすることはできなかった。それでも大変強い情熱で決して諦めることなく、隠れて着々と準備を進めていきます。

どうですか、『神のお告げ』にそれほどまでに情熱を傾けた理由はなんだったのか、私にはすごく疑問に感じられたんです。愛する男性も目の前に現れるのに、その求婚さえも断ってしまうほど、ナイチンゲールの意思は強固なものでした」

池田看護部長の話を聞いて奈緒子は確かにナイチンゲールがなぜそこまで固い意志をもって看護の道に進むことを貫き通したのかに疑問を抱いた。「神のお告げ」を聞いたというエピソードは、伝記にも書かれていたものだった。

「さて、ではナイチンゲールが生きたヴィクトリア朝時代はどんな社会だったんでしょうか」

部長の問いかけにすぐに答えたのは、奈緒子の病棟の隣の三階東病棟の若い看護婦だった。

「ナイチンゲールが生まれたのは一八二〇年で日本では徳川時代の後期になります。イギリスでは植民地のインドからの富でますます豊かになりながら、貧富の差を拡大していったのがヴィクトリア女王の時代です」

てきぱきとした雰囲気で物怖じせずにみんなの前で発言する彼女に奈緒子は焦りを感じた。自分も進んで発言できるようになりたいと思いながら、なかなか言葉が出てこない。考えすぎてしまうのは自分に対する自信のなさがあると思っていた。

「そうですね、ナイチンゲールは上流階級の令嬢でしたから、大変に豊かな生活を送っていたんです。立派な家庭教師についてフランス語、ラテン語など語学の勉強をしたり、音楽、舞踏、絵画、手芸など若い貴婦人として社交界に出て困らないように育てられました。

　皆さんも聞いたことがあると思いますけど、ナイチンゲールは子どもの頃、怪我をした犬の足に副木を当てて世話をしたとまるで慈悲深い天使のように紹介されています。

　百合子はそれに対して犬を可哀想に思う気持ちは子どもなら普通だが、そうではなくて副木を当てるまでしないと承知できなかった実際的で行動的な性質こそ、ナイチンゲールの特質だったと述べています。それに少女が牧師を手伝わせたという、人を支配する力にも注目しているんです」

　池田看護部長がにこやかに目を細めてみんなに視線を向けた。

「お嬢様で天使っていうより、行動的でバイタリティのあふれる人だよね。そういう意味でも、やっぱり私たち看護婦と共通してるんじゃないかな」

　こんな時もざっくばらんに自分の思ったことをずばっと言えるのはさとみくらいだ。奈緒子はとても真似できそうにない。もちろん顔も赤くならず、いつも通り平然としたさとみの様子が奈緒子には信じられなかった。

　行動的でどこか気性に独創的なところがあるという百合子の文章を読んで、ナイチンゲールはもしかしたら、さとみのような人物だったかもしれないと奈緒子は心のなかでくすっと笑ってしまった。

「そんな令嬢だったナイチンゲールは、華やかな社交界での生活には心が満たされなかったんですね。百合子はこんなふうに書いています。

　――一人の女として、自分の全心をうちこんでやれるような意義のある何事かをしたいという情熱、自分の生涯をその火に賭して悔いない仕事、それをこのヴィクトーリア時代の淑女はさがし求めて、毎日のなまぬるいしきたりずくめの上流生活の空気の中であえいでいるのであった。(「フロレンス・ナイチンゲールの生涯」)

　ナイチンゲールが二十歳になり看護婦になりたいと家族に打ち明けた時に、大反対したのは母親でした。十九世紀半ばのイギリスで看護婦がどんな人たちだったかを知れば、反対されるのも無理はありません。

　例えば、『年取ったアルコール中毒の売春婦上がりの女』だとか、『まともな仕事ができない女』とか、不潔で冷血な恐ろしいものだったそうです。病院の看護婦といえば風紀の乱れたものの代名詞で、酒気を帯びないで勤務している者は一人もないという状態だったと言います。

　チャールズ・ディッケンズという作家が書いた『オリバー・ツイスト』という小説が映画化されていますから、見たことのある人もいるでしょう。救貧院に入った孤児があまりにも非人間的な扱いをされてそこを逃げ出し、成長していくという話です」

　そこで手を挙げたのは四階の内科病棟の中堅看護婦だった。

「はい、私、その映画、見たことあります。貧しい子どもたちが、厳しい規律でまるで奴隷みたいに扱われていました。病院は想像もできないような恐ろしいところだったんですね。でも、あえてそこで看護婦になろうと思ったナイチンゲールってすごいですね」

　奈緒子も当時のイギリスの病院の現状を信じられない思いで聞いていた。自分だったら、そんなところで看護婦になろうと思うだろうか。上流階級の豊かな生活とは裏腹に貧しい人たちがたくさんいて、多くの子どもたちが死んでいったのだ。先月の看護講座でロンドンの子どもの死亡率の高さが話題になっていたことを思い出した。

「皆さん、前回、子どもの死亡率が高くて子ども病院を作るべきだという議論にナイチンゲールが反対したということが話題になりましたね。覚えていますか」

　奈緒子は今、発言しようと頭のなかで考えていたことを先に部長に言われてしまって、早く言えば良かったと後悔した。どうしてこんな時、考えたことをすぐに発言できないのだろう。せっかくのタイミングをいつも逃してしまうのだ。ただ黙っているように思われているが、実際はいろいろ考えてタイミングをうかがっているのに。

「佐山さん、どう。覚えているでしょ」

部長が奈緒子の顔を見て意見を求めた。奈緒子はちょっと戸惑ったが、何とか言葉を絞り出した。

「ええ、私がレポーターをした時に子ども病院の建設にナイチンゲールが反対して、家庭衛生の欠陥を指摘したことが話題になっていました。貧しい家庭では衛生状態も悪かったから、それを改善することが優先だとナイチンゲールは考えたんだと思います」

ようやく発言できた。奈緒子は少しほっとした。

でも部長に指名されなかったら、また言葉をのみ込んでいたかもしれない。奈緒子はまだ自分の気持ちを相手に伝えるのに不自由さを感じていた。もっと気取らず素直に分からないことは分からないと言えばいいと自分を解放できないもどかしさを感じていた。

「そう、佐山さん、よく覚えていたわね。病院を作っても不衛生だったらまったく意味がないですよね。逆に病院に子どもたちを集めることで病気がひどくなる。だから家庭の衛生状態を良くすれば、その方が子どもたちの死亡率を下げられるとナイチンゲールは考えたのだと思います」

部長の話を聞いてみんながうなずいている。

『看護覚え書』でナイチンゲールが書いたことの意味が少しずつ解明されていくように思えた。

「病院で働くことを断固反対されたナイチンゲールは、それでも決して看護の道を諦めるなんてことはなかったんです。それから彼女は自分の境遇に負けずにその計画を実行するために力を蓄えていきます。ここがナイチンゲールのすごいところよね」

「あたしだったら、すぐあきらめるな。だって今だって看護婦続けてていいのかって迷ってるし」

意外にも口をはさんだのはさとみだった。みんなが驚いて小さな笑いすら出るほどだった。奈緒子にとっても快活なさとみに迷いがあるとは信じられなかった。もしかしたら、かつて自殺した患者のことがさとみの気持ちを迷わせているんだろうか。

「あら、萩尾さんがねえ。でも私だってそうよ。もう看護婦になって四十年近く経つのにまだ迷ってるなんておかしいけどね。ナイチンゲールだって同じだったんですよ。悩みながら迷いながら、それでも不屈に八年を過ごしたんです。でも、この蓄積が後ですごく効果を発揮するんです。そういう充電期間が大事なんですね、人生には。

ナイチンゲールが特に衛生統計に長けていたことは知られていますけど、それはこの間に医学調査会の報告や衛生局のパンフレット、病院、孤児院の沿革をむさぼり読んだそうよ。社交の季節の暇な時に貧民学校や救護所の見学にも行ったし、長いヨーロッパ旅行の間に貧民窟や病院めぐりもして、知らないところはない位だったって。

特にナイチンゲールが精神的な危機に陥っている時に紹介されたのが、ドイツのカイゼルスヴェルト学園なの。そこに三ヶ月以上も滞在して看護を学んだことは生涯を支配する大きな機会になったんです。ナイチンゲールはその見聞録の冒頭にこう書いています。

――十九世紀は女性の世紀となるにちがいない。

どう、すごいでしょ。当時の上流社会の女性は結婚して家庭内にとどまり男性に支配、保護されるものの、自分の人生に決定権を持っていなかった。ナイチンゲールはそれが苦しくて仕方なかったんですね。

カイゼルスヴェルト学園では地域の病人や貧困に苦しむ人たちのために貢献する活動を女性たちに訓練していました。ナイチンゲールは何よりも学園の道徳的な雰囲気に魅せられて、女性も職業をもてば生き生きと暮らせると確信を得たようです」

池田看護部長はそこまで話して、参加者の感想を求めた。まだ発言していなかった他の病棟の若い看護婦が口火を切った。

「ナイチンゲールは看護婦になれなくて、すごく悩んでいたんですね。私たちが女性として看護の仕事ができるのもナイチンゲールのおかげなんだって分かりました」

今日は同じ病棟で一年後輩の松島香織も参加している。彼女もまだ発言していないので指されないようにするためか下を向いていた。

「松島さんはどうでしたか」

部長が問いかけると香織は顔を真っ赤にして、言葉に詰まってしまった。

「あの私……」

みんなが香織の次の言葉を待っていた。しっかり者だが、こういう場面では奈緒子と同じように緊張してしまうらしい。

「ナイチンゲールって、あんまり身近に感じたことがなかったんですけど、すごく苦労して看護婦になったんですね。女性が働くことは当たり前だって思ってましたけど、まだ女性は結婚したら寿退社しなきゃいけないって会社も多いですよね。私の姉もまだ働きたいのに辞めさせられました。看護婦って結婚しても働き続けられるから良かったけど、家庭や子育てとの両立ができるのか心配です」

口は重いが指名されれば自分の意見をきちんと言える。奈緒子はできるなら香織のように話せるようになりかかった。

「そうね、実は私が若い頃は看護婦にも寿退社が強要されていたの。それでも踏ん張って働き続けていたら、病棟から外来に異動させられてね。でも子どもができたって辞めないで頑張ってきたのよ。もちろん、夫や周りの人たちに助けられたから続けてこれたんだけどね」

部長はにこやかに笑顔で語った。

「私はまだ子どもはいないんですけど、あまりにも看護現場が忙しすぎて、働き続けられるのかどうか体力的に心配です。看護の仕事は嫌いじゃないけど、この先、どれくらい夜勤ができるか……」

中堅の既婚者である看護婦の発言から、十九世紀に生きたナイチンゲールから現在の問題に引き戻された。奈緒子は同じ思いで聞いていた。

「そうね、皆さんが看護の仕事がしたいのに、労働がきつすぎて働き続ける自信がないという不安を持っていること、大変良くわかります。ではまず、ナイチンゲールの時代の労働者がどんな状態におかれていたかについて、フリードリヒ・エンゲルスの

『イギリスにおける労働者階級の状態』という文献から考えてみましょう。

　資本家のあくなき利潤追求のために労働者は非常に過酷な状況下におかれていたことが克明に書かれていたと思います。劣悪な住居、賃金の低さ、着替える服も汚れた身体を洗う水もなく、満腹感を感じるほど食べられず、子どもたちが栄養障害で死んでいく。病院ばかりでなく一般の住居でさえ小さくて不潔でした。それに街路は汚物や胸のむかつくような糞便や澱んだ水たまりがあちこちにあり、地域全体が不潔と悪臭のなかにあるような環境だったんですね。

　十二時間から十八時間に及ぶ長時間労働が課せられ労働者はまさに奴隷のように死ぬまで働かされました。それは肉体的にも精神的にも人間性を破壊し、確実に人間の喪失を見出すとエンゲルスは記しています。こうした労働者の過酷な実態のなかで多くの子どもたちが飢えや貧困に苦しみ、病気になったり怪我をして死んでいったのです」

「それじゃあ、病院も住居もどこもかしこも不衛生だったってことなんですね。衛生的だったのは上流階級の人たちの住まいだけみたい」

　部長の話を聞いていた参加者から、ふとした疑問が出された。

「確かに、そういうことになるんでしょうね。当時のイギリスは近代社会として未曽有の発展をとげ、商工業の急激な進歩、産業の革新が富を積み上げていた時期であり、貧困と不衛生、犯罪率の上昇を生み出した歴史的な一時代だったと、宮本百合子は書いています。

　こうしたイギリス社会の光と影のなかで、なぜナイチンゲールが『神のお告げ』を聞いたのか、なぜ家族の反対を押し切っても志を貫いたのか、とてもよく理解できると思います。では、皆さんはどうですか。『神のお告げ』を聞いた人はいるでしょうか」

　部長の問いかけにうなずく人は誰もいなかった。クリスチャンでもないし、まさか神様の声など聞こえてくることもなかった。

「そうね、当時のイギリスのようなことは目に見えては起こっていないし、一見、豊かで衛生的な社会に生きているように思えるけど、実際に日本は経済的に大変厳しい状況にあるんです。バブル経済で豊かに感じるのは一面的なもので、一部の大企業が『財テクブーム』と称して金を転がして大儲けしているに過ぎないのです。医療費は削減されてますます病院経営は厳しくなってきています。

このあたりのことは次回、武藤院長に詳しく講義して頂こうと思っています。看護婦不足で二階東病棟が一部閉鎖になっていることも、皆さんが厳しい労働を強いられていることも、こうした日本の社会や経済の状況と無関係ではないのです」

「えっ、武藤院長が来るんですか」

さとみが顔をしかめたのが分かった。奈緒子も不本意に怒鳴られたことから、武藤院長とは顔を合わせたくないと思っていた。

「経済については武藤院長の方が詳しいから、皆さんがよく分かるように話してくれると思うわ」

部長は文句を言いたそうなさとみを牽制《けんせい》して、ひるむことなくそう言い切った。

「今日の看護講座はどうでしたか。皆さんの感想を聞こうかしら」

奈緒子はそう言われて、少しとまどいながらも指名される前に自分から何か発言しようと勇気をもって手を挙げた。

「佐山さん、どうぞ」

みんなの視線が自分の方に集まるのを奈緒子は恥ずかしく思いながら話し始めた。

「『看護覚え書』を読んだときは、何だかよく分からなかったんですが、ナイチンゲールが生きた時代や当時のイギリスの社会の状況を知ることによって、人々の健康のために新鮮な空気や陽光、清潔さ、食事の世話などが必要だったことが分かりました」

内容はともかく奈緒子は自分から発言できたことに満足していた。

「私は覚え書を読んで、ナイチンゲールってなんか口調が厳しくて感情の激しい人じゃないかなって思ってましたが、そんなふうに言いたくなるほど、社会が深刻だったんだって思えてきました」

奈緒子の次に話したのは香織だった。先ほどの緊張した様子とは違って、落ち着いた話しぶりになっていた。

「やっぱり私はナイチンゲールにも迷いや悩みがあって、精神的に危機的な状況になりながらも、踏ん張り続けたってことに驚いたなあ。ヨーロッパ中の病院巡りをしたりカイゼルスヴェルト学園で学んだことがナイチンゲールに力を与えた訳ですよね。イギリスでは不道徳で不衛生な病院がドイツではまったく違っていたから、教育によって現状は変えられるって自信をもったんでしょうね」

さとみはいつも自然体だ。言葉が頭に浮かぶより先に出てくるのだろう。

「百合子が言うようにナイチンゲールは行動派でしたよね。私は、十九世紀は女性の世紀になるに違いないっていう言葉がすごく印象に残りました。それまでは上流階級の女性が職業をもつことはできなかったけど、地域社会に貢献することができるって確信できたんですよね。ナイチンゲールが作った看護学校がまだ実際にロンドンにあるって聞いたことがあります」

四階病棟の中堅看護婦の意見をみんなが感心して聞いていた。

「皆さん、感想を聞かせてくださってどうもありがとう。実はすごく素敵なお知らせがあるんです。私の知り合いの看護大学の教授がロンドンで開催される国際看護学会で発表することになって、ツアーを組んだので参加者を募ってるの。希望者がいたら誘って下さいって頼まれてるのよ」

部長の言葉にみんなが歓声をあげた。奈緒子は海外にはまだ行ったことがなかったし、行けるものなら是非行きたいと思った。

「ちょっと費用は嵩《かさ》むけどプラザ合意で円高になってるから、以前よりは安く海外旅行に行けるのよ。私も行くつもりでいるから、良かったら申し込んで下さいね」

ナイチンゲールに憧れて高校の衛生看護科に進んでから、七年の歳月が経っていた。『看護覚え書』を学んで、さらに学びを深めた今日の講義で、ナイチンゲールへの思いが深まっていた。散会となっていつものように病院の隣のラーメン龍に向かった。さとみと香織が一緒で今日は三人だ。

「ロンドンツアー、面白そうだね。行きたいけど、十一月は旦那が北海道に出張で一緒に旅行も計画してるからね。奈緒子はどうなの」

さとみがラーメンをすすりながら残念そうに言った。

「あたし、行けるんだったら、行ってみたいなあ。ナイチンゲールの看護学校にも興味あるし、香織は行かないの」

「うーん、あたしも行きたいけど、結婚も控えてるし、彼氏に聞いてみないと分からない」

香織はおそらく行けないだろう。お小遣い帳をこまめにつけて結婚資金を貯めているのを奈緒子は知っていたのだ。

十一　駆け込み増床

「いやあ、皆さん、ご苦労様です。継続は力なりと言いますから、こうやって学習をすることが大事なんだね。看護部長に頼まれて講師をすることになったんだけどねえ。まとめる時間が作れなくて、簡単なメモしかないけど、まあ、勘弁してください」

ナイチンゲールの生きた時代や社会を学んでから一ヶ月が経ち、今回の看護講座の講師は武藤院長だった。内科の医師として治療に当たりながら、病院管理者として経営も担っている。奈緒子は武藤院長の効率や経営を優先した言動が、患者や職員を苦しめているように思えてならなかった。

患者の立場に立つ医療という病院の理念を入職当時から教育され続けてきたのに、院長の言葉や態度から、それを感じたことはあまりなかった。奈緒子は武藤院長がどんな話をするのか、半分、疑いの気持ちを抱きながら聞いていた。

武藤院長はかつて六〇年安保闘争の時に、T大の医学部にいて大学紛争に巻き込まれ顔に傷を負ったらしい。七三分けにした額の左側にうっすら白くなった部分があった。鉄パイプで殴られたと誰かに聞いたことがある。

白髪が少し混じった長めの前髪を時折、かき上げながら、普段は聞くことのない武藤院長の話にみんな聞き入っていた。奈緒子はいつも以上に緊張して肩に力が入っていた。

「えーっと前回の看護講座では、ナイチンゲールの時代を学んだと池田看護部長から聞きましたがどうでしたかね。当時のイギリスの病院っていうのはかなりひどい状況だったらしいですね。今回は今、日本の社会や医療がどういった状況にあるのかを一緒に考えていきたいと思います。

戦後、平和憲法が制定され高度経済成長による経済的な基盤も確立して、一九六一年には国民皆保険、皆年金制度が施行されます。まだ、その頃はいずれ西欧のような社会保障の水準になるだろうという望みもあったんですね。ところが世界の経済状況が危機的状況に陥る重大な問題が起こります。

さて、皆さん、それは何だったか分かりますか。一九七三年ですから、もう生まれていましたかね。トイレットペーパーがなくなって大騒動が起こりました。はいはい、そうです、オイルショックですね。八〇年前後には第二次オイルショックと二回にわたって起こりました。

中東戦争の影響で世界中が深刻なエネルギー不足となり、日本でも戦後初めて実質的な経済成長率がマイナスになりました。七〇年代末からは米ソ間の核兵器競争や東西の対立も激化して、欧米諸国では福祉が抑制されていきます。

日本の政府、財界も世界のこうした影響を受けて、『臨調行革路線』を打ち出してきました。『国民社会の活力向上』などと称して、防衛費は増やしておきながら、国民の生活を抑え込み、医療や福祉の削減を押し付けてきたんです。どうですか皆さん、こんな憲法に反することを政府はやっているんですよ」

奈緒子は武藤院長の話を聞いて、世界の戦争や紛争が、国民の生活を圧迫しているのだと思えた。奈緒子の父親の勤める印刷会社が倒産したり、母の皮革縫製の内職の仕事が来なくなったのも、オイルショックの影響なのだと聞いていた。これまで世界の経済などに無知で関心も持てなかったが、初めて聞く話に少し興味がわいてきた。

「配布したメモにも書いていますが、八五年の医療法改正では、病院のベッドが過剰だとして削減することが計画され、期限付きでベッドの増床申請が受け付けられました。その結果、全国で八割を占める民間病院に何が起こったのか。ベッドの増床を申請する動きがいっせいに起こったのです。

それが皆さんもよく耳にしている『駆け込み増床』です。ベッドを増やせば当然、医者や看護婦さんが必要です。養成数に見合わないほどベッドが増えて、今ではなんと二百万円もの支度金を出して看護婦さんを確保する病院も出てきているそうですよ」

「えーっ」

武藤院長の話に皆が驚いて声をあげた。

「うちだって看護学生担当の職員が、北海道から九州まで全国を駆け巡って新卒看護婦の確保をしているのは皆さんも知ってますよね。大金は出せませんが苦労しているのはどこも一緒ですよ」

武藤院長はみんなの驚きの反応に苦笑いで答えた。後輩の香織も四国の看護学校から入職していたし、さとみだって関西から来たことを思えば、これまでもどれほど看護婦確保に苦労してきたのかがよく分かった。

「うちの外科病棟も今、一部、閉鎖していますが、健栄会の他の病院や診療所から応援をもらって何とか早く患者さんの全面受け入れができるようにしたいと思っています。入院ベッドを空床にしておくと大変な減収になって経営にも大きく影響するんです。

病院の経営を支えているのは診療報酬ですが、これは日本では出来高払い制度になっています。ベッドを埋めて検査や薬を使用すれば、その分が病院に支払われる仕組みになってますよね。ですから、早く病棟のベッドを全部、埋めないと皆さんにボーナスや給料も払えなくなるかもしれません」

武藤院長の声に力がこもる。みずぬま協同病院はオープンしてまだ五年。思い出せば、東病棟から開いて、半年後に西病棟を半分開くといったテンポで、その間二年ほどの時間をかけて全館オープンにこぎつけたのだった。奈緒子は院長が経営管理者の視点で常に医療現場を見ているのも、少しは理解できるような気がしてきた。

「さあ、では皆さん方から、どんどん質問を出して下さい」

メモに目を落としていた中堅の看護婦の一人が口火を切った。

「武藤先生、駆け込み増床ってどういうことなんですか。もっと詳しく教えて下さい」

「これまでは医療法にベッド数の規制は設けられていなかったのですが、医療法改正で医療計画が創設されて、地域の人口に対するベッド数の割合を決めてきたんですよ。規制が実施される前に、ベッド数の足りない地域では増床申請の受け付けが始まったんです。そこでベッドを増やしておこうという民間病院が続出したってことでしょう。

ベッドに入院患者があれば医療費が発生する仕組みですから、手っ取り早く国が医療への支出を減らすにはベッドを減らせばいい訳です。国公立病院の統廃合を進めようとしているのも、その一環でしょう」

「それじゃあ、この駆け込み増床に見合った医師や看護婦の養成を増やす計画はあるんでしょうか」

先ほどの中堅看護婦がまた質問を続けた。

「さあ、今のところ、そんな話を聞いたことはないですがどうなんでしょう。国としてはベッドを削減して医療費を減らしたい方が先ですから、人を増やそうなんて計画はしていないでしょうね。それがこの国の現状なんです。

アメリカの医療の話はしませんでしたが、日本が今後の目標にしているのはアメリカのような医療政策です」

奈緒子にとってアメリカの看護体制は日本よりも手厚く理想でもあったが、何を目指しているというのだろう。

「アメリカは日本のような皆保険制度がないことは皆さんも聞いたことがあるでしょう。六十五歳以上の老人と障害者にはメディケア、という公的保険制度、そして低所得者にはメディケイドという公的扶助制度がありますが、それ以外はすべて民間保険です。だから医療費は大変高額です。

レーガン政権は医療費を抑制するために老人医療と病院費にねらいを定めました。その切り札となっているのがDRGです。耳慣れない言葉ですね。DRGは医療標準のことで、疾患別に支払われる医療費の額があらかじめ決められています。これによって入院日数も検査や治療内容も先に決められてしまう訳です。

それにアメリカでも看護婦不足は恒常的にあります。就業している看護婦がなんと五〇％以上も離職するといった時期もありました。低賃金、重労働というのが理由だそうですから、日本と変わりないと言えますね」

憧れでもあったアメリカの看護も実は、過去に日本と同じような実態があったのだ。奈緒子は武藤院長の話を興味深く聞いた。

「武藤先生、それじゃあ、アメリカではどうやって看護婦不足を解決していったんですか」

質問したのはさとみだった。それが分かれば何か参考になるかもしれない。奈緒子も知りたいことだった。

「まあ、このあたりはねえ、看護の問題だから、池田看護部長の方が詳しいかもしれませんけど、正看護婦に患者の直接的な看護をやめさせて准看護婦に移行し、同時に無資格の補助者を大量に導入していったらしいですね。

それで残った看護婦の仕事と言えば看護診断をして看護計画を立てて、准看護婦や補助者を指導するというような管理的な仕事だと聞いています。こうした効率を追求する上で様々な看護理論がアメリカで生み出されていったそうです」

アメリカの看護の事情まで武藤院長の話は広がっていった。ヘンダーソンの『看護の基本となるもの』、オレムの「セルフケア不足看護理論」、ロイの「適応理論」など、アメリカで看護の理論家たちが様々な看護理論を構築していったのは、無資格の補助者を看護の現場に導入していった背景があったのだ。

「だったら、看護婦は増えた訳ではなくて、無資格者で穴埋めしたってことなんですね。それはひどいわ。どんなに立派な看護計画を立てたって、看護婦が患者のそばを離れてしまったら意味ないじゃない」

さとみはがっかりとした様子で話した。これまでアメリカのように手厚い看護がしたいと奈緒子は思っていたが、その実際はナイチンゲールが『看護覚え書』に書いた看護とは明らかに矛盾したものと思えた。

看護とは患者の生命力の消耗を最小にするように整えることであり、新鮮な空気、陽光、暖かさ、清潔さ、静かさを整えることだと述べている。正看護婦が直接的なケアをやめてしまったら、それは看護と言えるのだろうか。

「武藤先生、私はアメリカの看護婦はミニドクター化していると聞いたことがあるんですけど、それは本当なんですか」

他の病棟の若手の看護婦の質問にみんなが驚いた。

「うーん、それはナースプラクティショナーのことでしょう。六〇年代から導入しているらしいですから、かなり歴史があるようです。医師の指示がなくても診断や治療ができると言いますから、確かにミニドクターと言っても言い過ぎではないでしょう。結局は看護婦に医師の代わりをさせて医療費を抑制しようということじゃないでしょうか。

アメリカでは加入している医療保険によって、コース別に医療が実施されるといいます。メディケアやメディケイドといった場合には安価な医療が提供される訳です。

日本では老人や低所得者であっても医療は平等に提供されていますが、差額ベッド代は患者さんに大きな負担を強いています。これは憲法二十五条に反していると私たちは反対しています。二十五条とは何でしたか」

武藤院長の質問に参加者のあちこちから声が上がった。

「生存権です」

誰もが自信をもって答えていた。

「皆さん、さすがですねえ。『憲法二十五条、すべて国民は健康で文化的な最低限度の生活を営む権利を有する』そして『国はすべての生活部面について、社会福祉、社会保障及び、公衆衛生の向上及び増進に努めなければならない』と規定しています。これが生存権でしたね。

ですから、どんなに経営が厳しくてもうちの病院では差額ベッド代は絶対に取らない。これを徹底して貫く。もう皆さんは耳にたこができるほど聞かされてますよね」

武藤院長のこだわりは差額ベッド代のことだったのか。奈緒子は患者の立場にたつ医療ということが、患者の経済的な負担をなくすということでもあったのかと思えた。

看護学校を卒業してすぐにみずぬま協同病院に入職した奈緒子にとって、入院治療費とは別に希望して個室などに入った際にかかる差額ベッド代はないのが当たり前になっていたのだ。差額ベッド代を取らずに経営を維持することの厳しさが院長の日頃の言動に表れているのだと奈緒子は武藤院長の横顔を見つめた。

国のために命を投げ出した戦争の時代から、健康に生きることが国民一人ひとりの権利の時代になったのだと、かつて従軍看護婦であった池田看護部長に教えてもらったことを奈緒子は思い出した。

一時間ほどで看護講座は終了したが、今回は武藤院長が講師ということもあり、奈緒子は余計に緊張してしまって、一言も発言できないままだった。それだけにまだまだ話し足りない気持ちだった。

病院の隣のラーメン龍の赤いとんがり屋根にまだ明かりが見える。そこでお腹を満たしながら、講座で学んだことをおしゃべりするのが、奈緒子の楽しみだった。

のれんをくぐると店主の「いらっしゃい」という明るい声がいつものように聞こえた。テーブル席でラーメンをすすっている若い男性は労組専従の有平真治だった。奈緒子たちの顔を見て照れくさそうな顔を見せた。

「有平君、一人きりなの。あたしたち、今、看護講座が終わったところなんだ。一緒にいいでしょ」

四人がけのテーブルに一人で座っていた真治の横に座り、さとみが声をかけた。奈緒子は真治の斜め向かい側に座って、メニューを広げた。

「萩尾さん、佐山さん、こんばんは。俺、いつもここで夕飯食べてるんですよ。どうぞ、どうぞ」

真治はラーメンのどんぶりを傾けて一気に飲み干した。

「自炊すればいいんですけど、なかなかできなくて。今日の看護講座はどんな勉強したんですか。看護婦じゃないから出られないけど、いつもどんなことやってるのか気になってたんです」

「そうだったの。看護婦じゃないなんて気にしないで、飛び入り参加したらいいのに。職種なんか関係なく膝を突き合わせて集団で学習しなさいって、武藤院長がよく言ってるよ」

さとみが笑って真治の肩を叩きながら言った。

「あたしさ、院長の話、聞いて考えたんだけど、アメリカみたいに看護婦を患者のそばから離すなんてこと、絶対しちゃいけないって思う」

握りこぶしでテーブルを叩きながら、さとみは言った。

「ナイチンゲールは患者の観察を重視してましたよね。看護婦が足りないからって、補助者を導入したら、ケアはもちろんのこと大事な観察だって出来なくなるってことですよ」

奈緒子も肩をいからせて声を大きくした。真治はぽかんとした顔つきで奈緒子たちのやりとりを聞いている。

「院長の話だと今、看護婦が足りなくなっているのは『駆け込み増床』のせいだって。アメリカじゃ、看護婦が重労働と安い給料のためにたくさん辞めて、それを無資格者で穴埋めしたらしいんだ」

さとみが院長の話を伝えると、真治の表情は険しくなった。

「そうなんだ。『駆け込み増床』のことは組合でも勉強したけど、アメリカじゃそんなふうになっているんですか。それはひどいなあ、看護婦を増やさないで補助者を増やすなんて」

真治はラーメンを食べ終え空になったどんぶりを前方に突き出した。そして鞄からノートを取り出して目の前に広げた。

「何？　どうしたの」

さとみが不審そうに真治に尋ねた。

「あの、今さらなんですけど、労組専従として身を入れて勉強しないとなあって反省してるんです。特に労組としても看護婦問題は早急に取り組むことになってるんです」

真治はさとみに対して緊張した様子で話した。

「有平さん、私、組合ニュース、読みましたよ。病棟の一部閉鎖とか看護問題についても、なかなかしっかり書いてくれていて、うれしかったです」

奈緒子はお世辞ではなく素直な気持ちを真治に伝えた。以前の真治は診療所の事務だったから、病院のことは分からないと無関心にも思えた。手術室の看護婦から危険手当を出して欲しいと言われても、労組執行部では手当を増やすより基本給を増やすべきだと突っぱねて、信頼をなくすようなこともあったのだ。

「いやあ、そんなほめてもらうほどのことでも。それでね、実は相談があるんですよ」

真治は額ににじむ汗を腕で拭いながら言った。その時、ちょうどさとみと奈緒子の注文したラーメンを店主が持ってきて、目の前で湯気を上げた。

「あっ、どうぞ、どうぞ。食べながら聞いて下さい。執行委員会の議論のなかで看護の委員から、現場にちゃんと入って実態を確認して欲しいっていう要望が出されたんですよ」

「ふーん、それはいいじゃない。知ってるようで知らないんだから、見学するのが一番いいわよ。それでどんなふうに入るつもりなの」

さとみは真治の提起に賛成しながら、まだ少しどんな姿勢なのか探りを入れているような返事をした。

「いや、それで相談なんですけどね。専従としては詳細なプランを立てて、次回の会議までには、その結果をまとめて報告までしなくてはいけないんですけど、その、えーっと、どのように入らして頂ければよろしいかと思いまして」

「そうね、日勤も早番も遅番も準夜も深夜も、全部入るべきだし、それに各病棟も手術室も外来も、みんな入るっていうのが実態を把握するってことだと思う。だけどさ、有平君が全部それをするには時間もないしね、無理だってあんたの顔に書いてあるよ」

さとみは冗談半分で真治を少し驚かせるような話をした。

「やっぱり、深夜がいいですよ。だって、夜中から朝までの勤務って一番、眠くて辛いですから。もちろん、さとみさんが言うみたいに全部入ってもらいたいけど、まずは夜勤でしょ」

奈緒子は真治に助け船を出すつもりで、さとみの反応も気にしつつ言ってみた。

「じゃあ、それでいいじゃない。奈緒子の深夜についたらいいよ。ちょうど、明日だよ。奈緒子、ちゃんと有平君に全部、見せてな。寝かしちゃ駄目だからね」

明日と聞いて、真治は戸惑っている様子だった。

「あっ、一応、管理部の許可を頂いて正式に体験に入らせてもらうようにしますので、もう少し先になるとは思います」

真治はひと呼吸おいて、思いつきのまま発言するのが得意なさとみに納得するように説明をした。

「そうね、とにかく頑張って。労組に期待してるよ。いつでも協力するから何でも相談してね。じゃあ、あたし、終バスに乗りたいから、奈緒子はゆっくりしてってて」

さとみはラーメンを食べ終えると早々と帰っていった。いつもなら他の誰かと駅までタクシーに乗り合わせて帰るから、ゆっくり話ができるのに、今日はあいにく誰もいなかったのだった。

「でも、そんなふうに労組が実態調査に入ってくれるなんてうれしいです。今日の武藤院長の話ではアメリカの看護婦の離職率は五〇％にもなったって聞いたの。もし、日本でもそんな事になったら、大変だし」

奈緒子はさとみを見送った後、真治と二人、斜向《はす》かいで話し始めた。真治はテーブルに広げたノートにペンを走らせている。

「いやあ、武藤院長の話を俺も聞けば良かったなあ。すごく参考になるよ。五〇％って言ったら、病棟の半数が辞めてしまうってことだ」

「ねえ、でも他人事じゃないですよね。だってうちの二階東病棟だって、半数とは言わないまでも三割近く、看護婦が辞めたから病棟が一部閉鎖に追い込まれた訳でしょう。ほんとなら、もっと看護婦を増やして辞めないような職場にしないといけないって思うんです。看護学校を卒業しても奨学金をもらった三年間だけ勤めて、すぐ辞めてしまうっていうのは聞いていたけど、私、その気持ちすごくよく分かります」

「なるほど、そうなんだ。でもどうしてそんなふうに思うの」

奈緒子は真治を前に自分の素直な気持ちが口から戸惑うことなく出てきた。いつもなら、そんなふうに話せないのに、真治が労組の専従として聞く姿勢をもってくれたからかもしれないと思った。

「例えば、気になっている患者さんがいて、もっとよく関わりたいって思いますよね。今、私はヒステリー症状で足が動かせないで入院している中三の女の子が気になっているんです。さとみさんの発案で寝る前に足浴する看護計画を立てたんですけど、なかなか思うようにいかなくて。そんな時、ゆっくり話が聞ける時間があれば、心に抱えている悩みを聞き出せるのかもしれないって思うんです。でも、業務やナースコールに追われて何もできないまま。そんな葛藤を抱えて彼女の意気消沈した苦しそうな顔を見ていたくないんです。足浴してふれあいながら何気ない会話をすることで、ふと心がほぐれていくことってあるでしょう。それで少しずつ元気になって患者さんの心からの笑顔を見ることがどんなにうれしいか。前に話しましたよね、老人病院に行った菅谷タネさん。転院する前にとびっきりの笑顔を見せてくれたんです。そんな時、頑張って看護婦続けてきて良かったなって心が癒されるの。なのに、その先に寝たきり老人になってしまうような行き先しかないって思ったら、すごく悲しくなるんです」

「へえ、そうか。奈緒ちゃんにとって患者さんの笑顔が何よりの心の癒しなんだね。看護婦さんが辞めないようにするためには、患者さんがゆったりと気持ちよく療養できる医療体制が必要だってことなんだろうな」

真治はノートにペンを置いて奈緒子の顔を見つめていた。

十二　朝の光

　夕食後、深夜勤のために仮眠をとった奈緒子が目覚めたのは午後十時過ぎだった。普段なら気の重い夜勤が今日は少し楽しみでもあった。夜遅く人が寝静まる時に出勤する緊張感と憂鬱を真治にも分かって欲しい。まずは真治がその気持ちを半分でも知ってくれたら、奈緒子はそれだけでもうれしいと思えた。

　看護婦の勤務実態を調査したいという労組の申し入れを管理部も正式に受け入れて、勤務表に組み込んでくれたのだ。有平真治以外にも労組の医療事務職の執行委員が、他の病棟に入ることになっていた。とにかく看護現場の実態をきちんと理解するところから、一緒に看護問題を考えてもらうのは良いことだ。

　これまで看護の問題に背を向けているようにしか思えなかった労組も、いよいよ腰を上げてくれたのである。病院には様々な職種が働いていて、それぞれに賃金体系や手当などに違いがあった。看護だけに三年間入れる看護婦寮があり、他の職種より優遇されているように思われてきたのだった。

　午後十一時過ぎ、出勤の支度をしてカンナ寮の玄関を出ると、すぐ右隣の労組の事務所には明かりが点いており真治の姿が見えた。

「いやあ、奈緒ちゃん。いつもこんな時間に出勤してたんだね。何だかすごく緊張してきたよ」

　真治は白いＴシャツに両脇に白いラインが入った紺のジャージを着ている。左腕には労組の赤い腕章、胸には職員用の名札が付いていた。

「有平さん、眠そうですけど大丈夫？　休憩はできるけど仮眠は取れないんですよ」

　奈緒子は真治と一緒に病院の裏玄関に向かいながら話した。

「うん、そうだよね。それは知ってるけど、ごめん、眠くなっちゃいそうだよ。どうしよう」

「寝ちゃだめですからね。だってそれじゃあ、実態調査の意味がなくなっちゃうでしょう。さとみさんに怒られますよ」

　奈緒子は少し頼りなげな真治を茶化すように言った。

「冗談、冗談。絶対に寝ないで最後までしっかり調査しないとね。それにしても霊安室の前をこんな夜中に通るのはちょっと不気味だよね」

「もう慣れっこです。私、幽霊は信じない方ですから。夜中に通いで出勤する人は痴漢の心配しながら来てるんですよ。うちの職場で夜遅くにバス停で待っていて、変な人から声をかけられたって話、聞いたことありますよ」

「そうか、仕事する前からそんな深刻な心配しなきゃならないんだね。女性が夜中に働くって大変なんだなあ。奈緒ちゃんもくれぐれも気をつけて」

　真治は眉をひそめて言った。奈緒子は更衣室に向かい、真治は先に三階西病棟に上がって行った。白衣に着替えてナースキャップをつけると、職場に向かう足取りは少し軽くなったような気がした。たった二人だけの夜勤に真治が一人いるだけでも、気持ちに余裕が生まれるのだ。

　三階西病棟の休憩室ではベテランナースの島野洋子が先に来ていて、真治と話をする声が聞こえてきた。

「なんでまた今頃、労働組合が病棟の夜勤を調査するって言うのかねえ。来るなら、もっと早く来て欲しかったけどさ、あんたの一存でもないいんだろうから仕方ないわね」

　洋子は真治に皮肉めいた口調で言うと、いつものように作ってきた夜食を広げて勧めてくれた。大きめのタッパーに入っていたのは卵サンドと、鶏の唐揚げだった。

「うわあ、うまそう。ありがとうございます。夜中に仕事するって、腹が減りますよね」

　真治が卵サンドに手を伸ばそうとした。

「あっ、待って。そろそろ申し送りが始まるから、それは後でゆっくり食べて下さいね」

奈緒子はちょっと緊張感の抜けた真治に真面目な調子で一喝した。

「あっ、ごめん、ごめん。分かりました」

真治も申し送りを見学するため、ナースステーションに向かった。準夜勤者からの申し送りを受けるため、ナースステーションに入ると、心電図モニターの音が乱れたリズムを刻んでいる。真治はモニターの波形を覗き込んだ。日中なら、気にも止めなかっただろうが、静かな夜はやけにモニターの音が緊張感をあおる。

準夜勤の香織がステーションに戻ってきたが、それと同時にナースコールが鳴り響いた。香織はきびすを返して病室に向かった。夜間はコールを介してどんな用事なのか、患者に尋ねることもできないのだ。

真治は申し送りを聞くために待っていたのだが、腰を上げてステーション内をうろうろとしている。

「へえ、これって心電図なんだ。二十四時間ずっとつけっぱなしなの」

「そうですよ。重症な患者さんはいつ病状が変化するか分からなくて心配だから、モニター管理なんです」

奈緒子は真治に説明した。

「そうか、夜だってまったく気が抜けない仕事なんだよなあ」

申し送りを受けるために、奈緒子はクリップバインダーにメモ用紙を挟んで病室の順に患者さんの名前を記入した。コールに呼ばれて病室に行っていた香織もようやくステーションに戻ってきて、温度板を申し送り順に並べ始めた。

「有平さん、こんばんは。今日は寝ないでしっかり見学していって下さいね」

真治の存在に気がついた香織が申し送りの準備を整えながら声をかけた。

「はい、奈緒ちゃんの奮闘ぶりをしっかり見届けます」

真治もノートを開いてペンを構えている。やる気は十分あるようだ。

「じゃ、始めますね」

「はい、よろしくお願いします。お疲れ様でした」

奈緒子はペンを固く握り一言ももらすまいと香織の申し送りに耳を傾けた。病棟日誌の報告が終わると、まず重症室から順に、二床室、八名の多床室へと申し送られる。松島香織は奈緒子の一年後輩とはいえ、何でも器用にこなし、看護上の判断にも迷いがなく適切で奈緒子はいつも感心させられていた。最後の病室で奈緒子が気になっていた木下綾のことが香織から申し送られた。

「次は綾ちゃんですが、今日は松葉杖を持ってお母さんと中学校に行きました。さとみさんが夜勤明けで付き添って行ったそうです。

詳しいことは看護記録の方を読んでもらいたいんですけど、通学はお母さんが自転車で連れて行って、学校での階段の上り下りはお母さんがおんぶするそうです。来客用のトイレまで松葉杖で行って洋式の便器を使えば、一人で大丈夫とのことでした」

学校のトイレのほとんどは和式だったが、洋式トイレがあって良かった。奈緒子は香織の申し送りを受けながら、ほっと胸をなでおろした。

「綾ちゃん、学校に行けるようになりそうなんだ。良かった」

奈緒子は学校の話をするのも避けていた綾の変化を喜んだ。

「うん、しばらくはお母さんの付き添いで病院から通学することになるみたい」

香織も明るい笑顔で答えた。木下綾は数ヶ月前に整形外科病棟から内科病棟に移ってきた十五歳の患者だった。原因不明の下半身麻痺で歩行ができず、しばらく車椅子を使用していたが、リハビリを続けていくうちにようやく松葉杖を使った歩行ができるまでになっていた。

寝る前の時間帯に毎晩、足浴を勧めてきて、断られることも多かったが、ようやく毎日の日課として綾がそれを受け入れるようになってきていたのだった。

「その子って、もしかしたら、奈緒ちゃんがラーメン屋で話してくれた子のこと？　確か奈緒ちゃん、もっとゆっくり話したいって言ってたよね」

眠そうに申し送りを聞いていた真治も、木下綾のことは興味深く聞いていた。

「そうそう、有平さん、よく覚えていてくれましたね。ずっと学校を休んでいたんだけど、ようやく行けるようになりそう」

奈緒子は真治が以前、自分の看護へのこだわりを語ったことを覚えていてくれたのがうれしかった。

申し送りが終わり、香織はほっとした表情を見せた。まだ、温度板や看護記録への記載をしなければならないが、これでひとまずは責任を果たしたことになる。今度は奈緒子が懐中電灯を手にして、患者に異常がないか病室をひと部屋ずつ、ラウンドしていくのだ。

「じゃ、有平さん、私に付いてきて下さいね」

奈緒子は丸椅子から立ち上がると、真治とともに足元灯だけの暗い病室に向かった。まずは重症室から回り、点滴の滴下の速度の確認や人工呼吸器のチェック、体位変換などを行う。三一七号室の八人部屋の前で、廊下に示された患者名を奈緒子は指さした。

木下綾がここにいることを真治に知らせて奈緒子は懐中電灯をそっと足元に照らした。夜間は患者ごとにカーテンが閉められている。

足音を忍ばせながら、綾のベッドに近づきカーテンの隙間から中を覗いてみた。ちょうどその時、綾がベッドの上で足を動かして寝返りを打った。

「あっ」

麻痺して動かなかった綾の足が動いていたのだ。奈緒子は思わず小さな声を出してしまった。真治が奈緒子の驚いた顔を不思議そうに見ていた。ナースステーションに戻り、奈緒子は香織と真治に言った。

「今ね、綾ちゃんの足が少しだけど動いてたの。麻痺して動かなかった足が」

「えっ、うそ、ほんとに？　動くようになったんだ。寝返りだってずっと苦労してたのに。足が動いていたのが分かれば、綾ちゃんも自信をもってくれるんじゃないかな」

看護記録を書いていた香織が顔を上げて奈緒子に言った。

「そうだよね。学校に行けることが分かって、気持ちも楽になってきたのかもしれない」

奈緒子は明日の朝、綾の顔を見るのが楽しみだった。Bチームで藤田さんから申し送りを受けた洋子も、少し遅れてラウンドから帰ってきた。申し送りを受けてから、すでに一時間ほど過ぎていた。

「さあ、ちょっと夜食でも食べない？　卵サンド、作ってきたんだから」

ナースコールもなく落ち着いているところで、仕事を終えた準夜勤のナースとつかの間の休憩となった。洋子が作ってきた夜食を広げると、歓声が上がった。

「わあ、美味しそう！　だから、楽しみなんですよ。いつも懐かしい味がするんだよね、洋子さんの手づくりのおかずって」

香織がいち早く手を出した。

「労組の人が調査に入るって聞いて、実は言っておきたいことがあるのよ。ねえ、藤田さん」

洋子が改まってそう言うと、藤田昭子もうなずいて卵サンドに手を伸ばした。

「あたしも藤田さんも准看護婦でね、建前上は正看護婦の指示のもとに業務することになっているのよ。だけどね、仕事内容は全く変わらない。注射だって点滴だってなんだって一緒なんだから。ただね、医師の指示受けサインだけが正看護婦じゃないと駄目なんだけどね、ほんとそれだけなのに、給料が安いのよ。それってさ、やっぱり不公平なんじゃないかなって思うんだよね。そうでしょ藤田さん」

「わたしはね、ずっとリタイアしてて最近、再就職したから、洋子さんのようには働けないけど、若い頃はやっぱり気にしてましたよ」

昭子は洋子から話を振られて遠慮がちに言った。

「ふーん、なるほど、准看護婦についてはたしか医師会が廃止を拒んでいるらしいですね」

真治が洋子や昭子の話を聞いてペンを走らせた。

夜勤は准看護婦と正看護婦がペアになって、准看護婦同士がペアを組まないようになっていたが、業務内容はほとんど変わらなかった。医師会が廃止にしたくない理由は、開業医が看護婦を安く雇いたいからとしか考えられない。

一九五一年、戦後の看護婦不足の時に作られた制度で、今では現場で矛盾を生むだけなのにまだ残されているのだった。奈緒子も洋子のような准看護婦のベテランナースたちに教えられて育ったのだ。

「看護協会でも一本化の方針はあるけど、なかなか本腰を入れて取り組んでくれてないんですよね」

奈緒子もさとみから聞いて看護協会の活動の弱さを実感していた。

「准医師とか、准薬剤師とかそういう制度はないのに、看護婦だけが准看護婦と二本立ての職種なんておかしいじゃないって、さとみさんが言ってました」

サンドイッチを食べていた香織が、真治にさとみの意見を伝えた。

「私はね、子どもを育てながら診療所で働いて夜間の准看護学校に三年間行ったのよ。それだけで精一杯で、進学してまた二年もかけて正看護婦の資格を取ることは出来なかった。だから、こんなこと言っても仕方ないいんだけどね」

洋子はそう言ってマグカップを傾けコーヒーを飲んだ。洋子は離婚した後、一人で看護の仕事と二人の子育てを両立してきたのだった。

「洋子さん、そんな弱気でいいんですか。私は納得できないんですよ。だって、経験も豊富でいつもいろいろ教えてもらってるんですよ。同じ仕事をしてるのに、給料だけ差をつけられてしまうんですから」

奈緒子は、なんでも気兼ねなく言える洋子に対してつい感情的に言ってしまった。この場にさとみがいたら、きっと奈緒子以上に怒りをあらわにするだろう。

「ふーん、なるほど。ほとんど同じ仕事をしているのに、給料だけ差別されて安く雇われてるってことなんですね。一緒に働く上で無用な不団結を生むことにもなりかねませんね」

　真治は真剣な顔つきでメモを取っていた。これまで准看問題は労組で取り上げて議題になることがなかっただけに、こうして真治が看護業務の実態調査に入ってくれて、現場の様々な矛盾を受け止めてくれて良かったと思った。

「私、高校の衛生看護科の頃は、結婚して子育てしながらも絶対、看護婦の仕事を続けたいって思ってたんです。ずっと仕事をしながら家事も育児も両立していた母親が自分の目標だったから。でも、今はまったくそんな自信が持てなくて、それにこの先、どこまで看護の仕事が続けられるんだろうって悩んでたんです。だって、残業しないで自分だけ早く帰ることなんて難しいし、両立させるために仕事をおろそかにして切り上げることもできないですもん」

　奈緒子は女性の生き方として家事や育児に専念するだけでなく、自分自身の生きがいをもって仕事を続けたいと思っていた。洋子が奈緒子の気持ちを聞いて、先輩としての経験を話し始めた。

「そっか、奈緒ちゃんは仕事でも家事も育児も、自分の理想をしっかりと追求したいと思ってるんだね。私なんかさ、両立してきたなんてほど立派じゃないよ。もちろん、そうしたい気持ちはあったけどね。職場の人たちからも助けられたし、夫や子どもにも協力してもらってようやく続けてこれたのよ。でもね、きっと家族にいっぱい負担をかけたんだろうなあ。もっと残業もなくて働きやすい職場だったら、離婚することもなかったかもしれない。男の人も仕事が辛いから、妻には家にいてもらいたいって気持ちがあるんだよね」

　洋子から離婚の話を聞いたのは初めてだった。奈緒子は自分一人が頑張るというより、周囲の人たちに助けてもらいながら、仕事を続けてきたという洋子の話を聞いて少しほっとした気持ちになった。ただ、その反面、結婚相手には自分の仕事を理解してもらう必要があると思った。

「奈緒ちゃんや香織ちゃんならさ、大丈夫よ。きっと理解のある協力的な男性に出会えると思うわよ。ほら、目の前の有平さんみたいな……」

洋子が茶化すと真治は顔を赤らめた。

「あっ、あの、僕にできるかどうかは分かりませんけど、看護婦の仕事をしっかりと調査して理解だけはその……頑張ります」

真治の途切れ途切れの言葉に笑い声が起こった。

「あっ、ナースコール、鳴ってるみたい。じゃ、有平さん、行きますよ」

奈緒子は手元に置いていた懐中電灯を持ってオンにした。暗い廊下を歩く足元が照らし出される。部屋の壁際に付いた赤いランプを目印に奈緒子は歩幅を広げて足早に歩いた。

ポータブルトイレで排泄をしている高齢の患者からの呼び出しだった。奈緒子はベッドから患者の足を下ろし、立ち上がるのを支えながら、下着を下ろしてポータブルトイレに座るのを介助した。ベッドに寝かせて病室を出ると、後を追ってきた真治が病室の外で立っていた。

「今まで診療所では看護婦さんの仕事って、注射や点滴とか検温したりするイメージしかなかったけど、患者の下の世話もしなきゃいけないんだよね。誰にでもできる仕事じゃないなあ」

ナースステーションに戻ると真治は奈緒子に言った。

「うーん、そうかもしれませんね。でも看護婦なら、排泄だって一つの体調管理の指標だから、汚いとか臭いとか、それほど気にならないですよ」

奈緒子は看護記録の赤いカルテを一冊ずつ広げて、これまでの記録内容に目を通していった。ゆっくりと記録を読むにはこんな時でないと時間が取れない。

夜勤のペアの洋子の方も点滴の様子を見に行ったり、ナースコールに対応したりであまり座る時間も取れないようだった。真治は奈緒子のそばでその仕事ぶりを見ながら、うつらうつらと眠そうにしていた。

夜勤をしたことがない真治にとっては眠くなるのも無理はないと奈緒子は思った。仕事をしている緊張感から何とか起きていられるが、気が抜けるとすぐに瞼がくっつきそうになるのは奈緒子も同じことだった。

　午前三時になり、各病室を回って患者に異常がないか巡視にいく。奈緒子はうとうとしていた真治の肩を叩いた。

「あれっ、ごめん。眠っちゃったのか」

「眠いでしょう。無理しないで少し仮眠取ってもいいんですよ。あたし、これからちょっと病室をラウンドしてきますから」

「じゃあ、悪いけど一時間くらい休ましてもらうね。起こしてもらっていいかな」

　真治は眠さに耐えかねて、デイルームの長椅子で横になった。でも、朝の忙しい時間にはしっかり起きていてもらおうと奈緒子は思った。

「あら、有平君がいないじゃない。もうノックダウンしたの。奈緒ちゃんは甘いんだから、しょうがないわね」

　巡視から戻ってきた洋子が奈緒子に言った。

「何だか目が覚めちゃって眠れなくなっちゃった」

　午前四時を過ぎて真治を呼び戻した時、車椅子に乗ってナースステーションに姿を見せたのは木下綾だった。

「どうしたの、綾ちゃん。目が覚めちゃったの。まだ寝てないと学校で眠くなるよ」

　奈緒子は母親の付き添いで病院から中学校に通うことに決まった綾に声をかけた。この頃、少しずつ顔つきが明るくなってきたように思っていた。

「あのね、看護婦さんに聞いてみたいことがあるの。看護婦の仕事って、つらくないかなあって」

「綾ちゃん、もしかしたら看護婦になりたいと思ってるの」

　奈緒子は綾に聞いた。

「うん、私にできるかどうか分からないけど、歩けるようになったら、看護婦さんになりたいって思うようになったんだ。看護婦さんが私に話してくれたことあったよね。中学生の頃に看護婦になろうと決めたって」

綾は目を輝かせて奈緒子に言った。

「えー、そうなの。すごい、うれしい。綾ちゃん、応援するから頑張ってね」

奈緒子は綾に手を差し出して握手を求めた。

綾は奈緒子の手をぎゅっと握り返した。洋子や真治も一緒になって綾と握手をした。

「絶対、合格出来るよ。看護婦さんになったら、うちの病院で働いてくれるとうれしいなあ」

真治が言うと綾ははにかむように微笑んだ。

「あたし、佐山さんみたいな看護婦さんになりたいんです。すごく優しいし一緒に悩んでくれるから大好き。この病院で佐山さんと働きたい」

「えー、そんなこと言ってくれる人は綾ちゃんだけだよ。どうもありがとう」

奈緒子は綾の言葉がうれしかった。

「もう看護婦辞めるなんて言ってられないね」

真治が奈緒子をからかった。

「あたし、そんなこと言ったかなあ」

奈緒子は看護婦を続けられるかどうか真剣に考えていたのだが、綾が看護婦になるという決意を聞いてもう迷わないと心に誓った。

空が少し明るくなって白い光が窓から差し込んできた。もうすぐ夜が明ける。

綾はナースステーションから廊下に移動すると、壁側に向き合って両手で手すりを持った。何をしようというのだろう。すると、次の瞬間、綾が車椅子から立ち上がった。そして片手ずつ手すりから手を離した。

「立った、立った！　綾ちゃんが一人で立ってる」

綾は背筋を伸ばし手すりを持たずに二本足でしっかりと立っている。こちらに向かってにっこりと笑うとピースサインをした。こんな日がくるとは思ってもみなかった。立つこともできず、うつむいて反抗的だった綾が大きく成長したように思った。

病気に向き合うことは患者にとってどれほど辛く苦しいことだろうか。だが、それをともに乗り越えて健康を取り戻していく時の喜びや感動は何にも代えがたい。それこそが看護の仕事をするやりがいなのだと奈緒子は実感していた。

「奈緒ちゃん、夜勤の仕事って眠くてすごく大変だけど、綾ちゃんみたいな笑顔を見たら、眠気も吹き飛ぶくらいうれしいね」

眠そうにしていた真治に窓からの光が差して晴れやかな顔に見えた。

十三　英国への旅

空はまだ薄暗く朝はもうまもなく明けようとするところだった。ロンドンのヒースロー空港からバスに乗り、午前七時過ぎに宿泊先のホテルに向かう。初めての海外旅行で右も左も分からない奈緒子をロンドンの街が出迎えてくれた。

奈緒子はバスの窓から見える古い中世のような街並みに息をのんだ。ほの暗く暖色にライトアップされた建物。車の通りがまばらな広い道路には、馬に乗った騎馬警官隊がひづめの音を立てて走っていく。道路の脇に駐車されたタクシーは皆、黒いクラシックカーのようなデザインだった。それはまるでディズニーランドのおとぎの世界に迷い込んだような幻想的な風景に思えた。

池田看護部長に誘われて一週間の休みをもらいイギリスに来たのは初冬の頃。同じ病棟で同時に休むと勤務表が組めなくなるので、三階西病棟からこのツアーに参加したのは奈緒子一人だけだった。夏のボーナスに貯金を加えて思い切って旅費を捻出した。独身の今しかこんな使い方はできないだろう。

N看護大学の教授からの誘いで、国際看護学会に参加するのは奈緒子にとっては、単なるきっかけに過ぎなかった。何より共に臨床で働くイギリスのナースに出会いたいと思ったのだ。英語も話せないのだから親しくなることもできないが、その姿を目に焼き付けておこうと思った。

このツアーには、看護大学の関係者など三十名ほどが参加している。旅行会社の邦人の添乗員の他に、もう一人現地ガイドとしてアンソニー・マクレガーという若い男性が同乗していた。大学の日本学科で日本の歴史や文化、日本語を学び、日本の大学の交換留学生として、東京に一年ほど住んでいたとも話していた。彼はこのツアーの通訳も兼ねて添乗員の補助的な仕事をしているようだった。

アンソニーは青い目に黒く丸い縁のメガネをかけている。背が高く英国紳士という雰囲気で、紺のスーツをおしゃれに着こなしていた。

「何かお困りの事はありませんか」

慣れない異国の旅行者にアンソニーはガイドとしてきめ細かに関わってくれていた。

宿泊先のホテルはあいにく外壁工事中で、足場が組まれ、シートに包まれた中に建物があって外観がどんなものかは見えずじまいだった。フロントで鍵を手渡され部屋に入るが、電気がつかない。夜は明けて朝を迎えたものの部屋はまだ暗かった。荷物をキャビネットに入れるのにも明かりがないとどうしようもない。

トイレと一体になったバスルームも、部屋の照明もつかないし、持参した海外旅行用の変換プラグをつけてもドライヤーが動かない。

出発までにはまだ時間がある。仮眠をとろうとしたが、時差ボケと興奮でなかなか寝付けなかった。奈緒子は添乗員に内線電話をかけて事情を伝えることにした。もしかしたら、壁のスイッチではなく他に何か操作しなければならないのかもしれない。奈緒子は躊躇しながらも、助けを呼ぶしかないとあきらめた。

　部屋のドアを叩く音に気付いてドアの外を確認すると、アンソニーの姿が見えた。ドアを開けて説明すると、壁の高いところにあったブレーカーを確認してスイッチを元に戻してくれた。

「どうも、ありがとうございました」

「どう致しまして。また、何かありましたら、遠慮なくお知らせください」

　少しぎこちない発音ではあったがアンソニーは丸メガネの奥の青い目を奈緒子に向けて言った。部屋は明るくなり、ようやく安心して仮眠が取れそうだ。日本のホテルならブレーカーが落ちることなど、めったにないが、こちらは古い歴史ある建物を大事にしているためか、こうしたこともあるのだろうと思った。

　朝食は日本ならご飯に味噌汁、焼き魚に卵焼きと朝からメニューも豊富だが、ヨーロッパ式では、コーヒーに焼きたてのクロワッサンなどパンだけ。他にもソーセージやサラダといったものもビュッフェ形式で置いてはあったが、すべて別料金だという。厚切りのハムを焼いたような黒くて丸いものがあったので、ちょうど通りかかったアンソニーに尋ねてみた。

「それは豚の血を焼いたものです。ブラッドソーセージと言って、なかなか美味しいですよ」

　奈緒子はせっかくイギリスにきたのだからとブラッドソーセージを味わってみたが、聞いただけで血生臭い気がして、どうも好きになれなかった。

　ロンドン一日目の日程は、バスに乗車して市内観光だった。予定されている国際看護学会は三日間の予定で、その前後には観光や病院見学などもスケジュールに組み込まれている。

　パスポートを取得するだけの余裕しかなく、イギリスやロンドンについて何の予備知識も持たずにただ緊張したまま、現地に到着してしまった。日本の十一月はまだコートを着るほどの寒さではないが、ブレザーだけでは何だか少し物足りないような気がする。たまたま選んで穿いてきたグリーンのチェック柄のプリーツスカートは、ロンドンの雰囲気によくなじんでいる気がして奈緒子はうれしかった。

首都ロンドンの街には人が多く賑わっていた。イギリスの政治、経済、文化の中心地なのだから当然だろう。ただ、奈緒子が予想もしていなかったのは、白人以外に黒人や東洋系の人々が多かったことだ。それも奈緒子たちのような旅行客ばかりではない。普通に移民としてここで生活している人が、ロンドンにはあふれていた。

ツアーの一行が街中を歩いていても、異邦人という言葉を当てはめようもないくらい、馴染《なじ》んでいた。むしろ、日本語しか話せないことが不思議に思われるくらいなのだ。

奈緒子は道行く白人女性に英語で道を尋ねられて、何も答えることができず困ってしまった。もし、女性が奈緒子を観光客と気づいたなら、道を尋ねるようなことはしないだろう。その上、女性は怪訝《けげん》そうな顔をして奈緒子を見た。道を教えてくれない不親切を不満に感じているようにさえ思えたのだった。

日本の中曽根政権下のバブル経済は、このロンドンにも日本人観光客を増やしているようだった。観光地には必ず、奈緒子たちのような日本人の団体が何組もツアーを組んできていた。奈緒子たちのツアーに同行した人から、ロンドンで知り合いに偶然会ったと聞いたのだ。

せっかく飛行機で十二時間以上もかけてロンドンまで来て、日本人ばかりに出会うのは何だか嫌だった。まして失業者が多く経済が逼迫《ひっぱく》している欧米に、金の力を見せつけているようであまりいい気がしなかった。

大英博物館に向かうバスの中で、アンソニーがマイクを握った。背が高いアンソニーだったが、日本よりバスの天井がたいそう高いので、あまり窮屈そうには見えなかった。少したどたどしく日本語を話すアンソニーの落ち着いた声がバスの中に響いている。

「皆さん、これから大英博物館をご案内いたしますが、中は大変広く、展示物がかなりあります。ゆっくり見て回るには一日あっても足りません。そこで今回は、こちらで選ばせて頂き限定したものだけを見て回りたいと思います。どうしてもこれが見たいといったご要望があれば、お応えしますのでおっしゃって下さい」

所蔵物のパンフレットは日本の印刷のものを日本で買ったほうが良いとアンソニーは言った。たしかに印刷技術は日本の方が良さそうだ。特に写真の色がなんとなくはっきりしないような印象を受けた。

大英博物館に行ってまず驚いたことは、入館料が無料だったことだ。一日でも見て回ることができないほどの博物館の維持費は、税金や寄付で賄われているということか。

「あらゆる階層の人々が等しく文化に触れられるようにするために、かつては国内のすべての博物館や美術館が入館料を無料にしていました。保守党政権になってから政府に依存しすぎていると予算を削ったため、今では有料化に踏み切ったところが多くなっているんです」

アンソニーは不満げに顔をしかめて言った。

大英博物館やナショナルギャラリーは人気があるために、無料を堅持できているというのだ。有料が当たり前の日本とは大きな違いだと奈緒子は思った。

人がごった返すなかで、奈緒子たちはまるで走り抜けるようにして大英博物館を見学した。世界各地の貴重な遺物、美術品、書物などが集められ、奈緒子は世界史の教科書でしか見ることができないようなものに目を見張った。

古代エジプトで刻まれたロゼッタストーン、古代エジプトのミイラ、イースター島の巨大モアイ像、そして何といっても圧巻だったのは、紀元前にアテネのアクロポリスに建設されたパルテノン神殿の装飾だった。

小高い丘の上にアテネを見下ろすように建設され、大理石の巨大な円柱が美しく並ぶ荘厳な神殿。今では柱しか目にすることができないが、その上に装飾された大理石の彫刻が博物館の広い壁を囲むように展示されていた。

世界中を旅しても目にすることのできない歴史的な遺産や人類の叡智がここに集められている。イギリスがかつてどれほどの力をもった帝国だったのかを見せつけられたような気がした。イギリスは日本と同じ小さな島国のようでありながら、世界各地に植民地を広げてきたその歴史が大英博物館に凝縮されていると奈緒子は感じた。

バッキンガム宮殿衛兵交代式は、奈緒子がロンドンに来て一番、楽しみにしていたものだった。昨年の春に来日したダイアナ妃が日本で大人気となって話題を呼んでいたからだ。特にプリンセスの衣装は女性たちの注目の的となっており、八一年にチャールズ皇太子と結婚してからは日本でもマスコミの話題にのぼることが多く人気を博していた。

街で見かける売店の新聞はどの新聞も連日、ダイアナ妃の記事をトップニュースとして一面に載せていた。日本のように新聞は配達されるものでないとアンソニーから聞いて驚いたが、それ以上にこれほどロイヤルファミリーの記事に関心がもたれることがまた日本とは違うように思った。ダイアナ妃とチャールズ皇太子との不仲が報じられ、何かと話題のつきない状態でもあった。

バッキンガム宮殿には多くの観光客が衛兵交代式を今か今かと待っていた。塀の向こうには手の届くような近距離に宮殿はある。日本のようにお堀があって、ずっとその奥にある皇居とは違って、すごく身近に感じたのだ。そういえば、天皇はかつて現人《あらひと》神《がみ》として扱われ、戦後に人間になったと何かの本で読んだことがあったことを思い出した。

皇室関係の情報がゴシップ記事になることがほとんどない日本に比べると、イギリスのロイヤルファミリーは、もっと親しみやすく国民の関心を集めているように思った。

さあ、いよいよ楽隊の演奏が始まった。足を揃えて行進をする衛兵を見て奈緒子はがっかりした。黒い熊の毛皮の長い帽子はかぶっているものの、あの印象的な赤い衣装を身につけていないのだ。季節柄か、衛兵は皆、グレーのロングコートを着ている。これでは地味すぎて写真映えもしない。

「ナオコさん、写真を撮りましょうか」

気落ちしているところへ、アンソニーが声をかけてくれた。インスタントカメラを手渡すと、アンソニーが衛兵やバッキンガム宮殿をバックに写真を撮ってくれた。

「どうもありがとう。すごく混み合ってますね。いつもこんなに人気があるんですか」

奈緒子はアンソニーからカメラを受け取りながら尋ねた。

「ロンドンには外国の観光客が多いですからね。国民のなかにはロイヤルファミリーに関心のない人も多いですよ。そういう僕も関心のない一人ですけどね」

周りの喧騒《けんそう》でアンソニーの言葉がよく聞き取れなかったが、彼は関心がない一人だと知って奈緒子は意外に思った。

「僕は父を早くに亡くして、母子家庭に育ったんです。母の苦労をよく知ってますからね。国民の税金はきちんと国民に還元するべきだと思ってるんです」

アンソニーは冷めたように衛兵の交代式を見送りながら奈緒子に言った。

「お父さんを亡くされてご苦労されたんですね。その気持ち、私もよく分かりますよ。うちの両親も共働きで夜遅くまで働いてましたから」

奈緒子は少し声を大きくしてアンソニーに聞こえるように話した。

「日本もイギリスも王制を残している点では似ていますが、立憲君主制なので民主的でないという声も多いんです。階級制も残していて、そういう点では日本より問題が多いかもしれません」

奈緒子はアンソニーの話を聞いて、イギリスでも、様々な問題を抱えているのだと知った。

衛兵の交代式が終わってから、ナショナルギャラリーへバスは向かった。ここにはあの有名なゴッホの「ひまわり」が展示されている。この七枚ある「ひまわり」のうちの一点を日本の大手保険会社が五十三億円で競り落としたことが国内外で大きな話題となった。その後も同じように大変な高額で世界の有名な絵画を買う日本の会社が相次いだ。価値あるものとは言え、バブル景気に乗じた日本の買い漁りが世界からバッシングを受けていたのだった。

奈緒子が小学生の頃、日本にあの「モナリザ」が来たことがあった。家族で見に行った時、上野の美術館には長蛇の列ができた。中に入っても、ゆっくり「モナリザ」を見ることができずに人混みばかりが印象に残っている。家に飾られた「モナリザ」の複製画を眺めながら、重ね合わされた女性のふくよかな白い手の美しさと静かな微笑みに、奈緒子は不思議な気持ちで引き込まれていた。

また、あの時のように人混みのなかで「ひまわり」を見ることになるのだろうか。ナショナルギャラリーの絵画の中心は宗教画だった。それに加えて多かったのは肖像画である。見上げるような大きさで立派な額縁に収められたものが大半である。

有名なフランスのモネの「睡蓮《すいれん》の池」やルノワールの「劇場にて」など、絵画には疎《うと》い奈緒子も目にしたことのある有名なものも所蔵しているようだが、展示されておらず残念ながらそれを見ることはできなかった。

アンソニーは、ゴッホの「ひまわり」は常設展示だとバスの中で皆に案内していた。人だかりでゆっくり見ることもできないと思っていた「ひまわり」の周囲には、予想外に人が少なかった。そして「モナリザ」を見た時のように厳重なガラス張りの囲いもなく、あまりにも無造作に展示された「ひまわり」に奈緒子は驚いた。

館内が広く天井も高いためか、奈緒子が想像していたよりも、「ひまわり」はずっと小さくそしてひっそりと、人々に忘れられたかのように展示されているのに驚いてしまった。

これがあの五十三億円も出して、日本の大企業が買ったものと同様の「ひまわり」なのかと思うほどだったのである。奈緒子は「ひまわり」をゆっくり眺めることができた。

かつて、劇団民藝によるゴッホを描いた滝沢修主演の舞台「炎の人」を観て奈緒子は深く感動した。客席にすすり泣く声が広がっていく。ゴッホの苦しい心の叫びが「ひまわり」の絵を通して迫ってくるような気がした。

バスで市内観光を終えると、もう午後四時を過ぎていた。辺りが少しずつ暗くなり始めている。イギリスの日没は日本よりも早いように感じた。東京のような派手な店の看板もネオンもまったくないロンドンの街並みに少しずつ明かりが灯されていく。

観光コースには含まれていないが、近くにナイチンゲールの銅像があると知って、ツアーに参加した五、六名がバスを途中下車した。

意外に少なかったのは、日没が迫っていて写真がうまく撮れないかもしれないという懸念と長旅の疲れで、早くホテルに戻りたいという人が多かったからだった。

アンソニーが希望者を募って引率してくれた。ナイチンゲールはイギリス国内では、十ポンド紙幣の裏側に印刷され、切手にもなるほどイギリスを代表する偉人として今も国民の評価は高い。さて、どんな銅像なのかと奈緒子は写真に撮るのを楽しみにしていた。

バッキンガム宮殿からほど近いウォータールー・プレイスという広場の中心に、ナイチンゲールの銅像は立っていた。ただ単独ではなかったことが奈緒子の予想に反したことだった。中央にあるのはクリミア戦争の戦没者追悼記念碑だった。左右に大きく両手を広げた栄光の女神の像の大きさが一番際立っている。その下には三人の騎士像が据えられているが、勇ましく戦う者としてではなく女神の庇護の下にあるようにして立っている。

そしてその右側に立っているのが、当時の国防相シドニー・ハーバートであり、左側がフローレンス・ナイチンゲールだった。アンソニーの説明によると、二人の像は追悼記念碑より後、一九一四年に建立されたというから、ナイチンゲールの死後四年目にできたことになる。

ナイチンゲールは近代看護の礎を築いた偉人というより、ここではクリミア戦争で活躍した者という括りで扱われているように思えた。思えば一九一四年は第一次世界大戦が始まった年でもある。そんな情勢のなかで従軍看護婦を募るために利用されたのかもしれないと奈緒子は思った。

右手で長いランプを手にして左手で長いスカートの裾をもつ姿は、「ランプの貴婦人」と呼ばれ、昼夜を問わず献身的に看護に尽くしたナイチンゲールの優しい眼差しが印象に残った。隣に立つシドニー・ハーバートは、クリミアの戦地にナイチンゲールを赴かせた人物だが、左手で書類を握りしめ右手で顎を支え思案するような表情を浮かべていた。

見上げるように高く大きな銅像だったので、夕闇が迫る中での写真は、やはりよく写っていなかった。ただ、自分の目でナイチンゲールの銅像を見られたことは良かったと奈緒子は思った。時代を経て人々のナイチンゲールに対する評価は変わりながらも、未だにベストセラーであり続ける『看護覚え書』と、その偉業は姿さえ変えずに歴史に刻まれているのだと思った。

奈緒子は高校の衛生看護科の二年生の時にあった戴帽式《たいぼうしき》の感動をまた、ありありと思い浮かべた。手術室でかぶるような丸看帽を脱いで、真新しい糊《のり》のきいた白いナースキャップをつける。ナイチンゲールの像から、キャンドルの灯火を分けてもらう式典で、これから本格的に学ぶ看護の仕事に胸を熱くしたのである。

市内観光の一日を終えて、夕飯はチャイナタウンに繰り出すことになった。

「佐山さんも行きましょうよ」

奈緒子を誘ったのは池田看護部長だった。奈緒子を含め五、六人で地下鉄に乗り、アンソニーに案内してもらってチャイナタウンに向かった。

「イギリスの料理が、あまり評判が良くないのは知ってたけど、ステーキにジャムみたいなソースがかかってるなんて考えられないわ。アンソニーさんを前に申し訳ないけど」

中華料理店で円卓を囲みながら、緊張感もほぐれて会話が弾んでいた。同席していた県立看護短大の教授をしているという女性が、イギリス料理の味に不満をもらす。奈緒子も和食の多い食生活で育ったので、ミント味のジャムとステーキにかなりとまどってしまった。

「僕もそうですけど、イギリス人は甘いものが好きなんですよ。女性より男の方が甘いもの好きで、クッキーやチョコレート、アイスクリームとかよく食べてますからね」

アンソニーは苦笑いして答えた。

「えー、英国紳士が甘党だなんてびっくりだわね」

先ほどの女性が言うとみんなが笑った。三時のティータイムにバスの中でもらったクッキーの大きさに奈緒子も驚かされた。それは日本で普通に食べている二倍か三倍はありそうなものだった。

チャーハンや餃子、酢豚、卵スープなど円卓には見慣れた中華料理が次々に運ばれてくる。長旅で疲れた上に慣れない食事にストレスをためていた奈緒子は、中華料理を口にして、ようやく一息ついたように思った。職場のそばのラーメン龍の味をなつかしく思い出していた。

「アンソニーさんは日本に留学されたんですよね。日本のどんなところに興味をもっているんですか」

奈緒子はロンドンに来て日本との違いにいろいろ気づきながら、アンソニーの関心が日本のどこにあるのか気になっていた。

「最初は異国情緒に惹《ひ》かれたんですけど、日本に留学して、禅宗の空《くう》の思想とか茶道に興味を持っているんです」

「へえ、禅宗ですか。私は高校時代、茶道部にいたんですけど、禅寺で座禅を組んだことがありますよ。でも、無になるって本当に難しいですよね。どんなに頑張ってもいろんな雑念が浮かんできてしまうんです」

奈緒子はアンソニーの話を聞いて、改めて禅宗や茶道が日本らしい文化であることを実感した。

「ナオコさん、どこかでポスターを見かけませんでしたか。今、ロンドンに日本の歌舞伎が来ているんです。僕も見に行くつもりで、すごく楽しみにしています」

アンソニーにそう言われて奈緒子は確かに歌舞伎のポスターが空港や地下鉄に貼ってあったのを思い出した。奈緒子は高校時代に教育の一環で歌舞伎見学に行った。近松門左衛門作「女殺《おんなごろし》油地獄《あぶらのじごく》」を観たのだが、難しすぎて興味などまったくわかなかった。

イギリス人であるアンソニーが日本の歌舞伎に興味をもっていることはうれしかったが、奈緒子はまだ自分が日本人として、日本文化の魅力を理解していないようにも思えた。

「私、ロンドンで本場のミュージカルを観るのを楽しみにしているんですよ。『キャッツ』は日本でも大人気でチケットもなかなか取れないくらいなんですから」

奈緒子はアンソニーにビールをお酌して言った。

初めての海外旅行に憧れのイギリスに来られたことはうれしかった。イギリスを知ることによって、逆に日本の歴史や文化を見つめることにもなったように思えた。

十四　ナイチンゲール病棟

初めて日本を離れてみて奈緒子は自分が当然のように思っていた常識が、一つ一つ崩されていくのを実感した。大英博物館で見た世界中の貴重な遺物や美術品の数々に、イギリス帝国主義のこれまでの歴史というものを見せつけられた。皇室のゴシップがタブーな日本と、ロイヤルファミリーが絶えず新聞の一面を賑わすほど、身近な存在であるイギリス。その反面、日本では戦後、廃止された貴族制度をイギリスでは未だに残しているという現実。歴史に疎い奈緒子にとってはまだ理解できないことばかりだった。

今回、参加することになった国際看護学会は、国際看護協会（ＩＣＮ）が、二年に一度、開催している。その歴史は戦前の一八九九年に遡《さかのぼ》るというから日本では明治三十二年に、スイスのジュネーブに本拠地を置き設立された。

ロンドンに向かう前に奈緒子はＩＣＮからのエアメールを何通も受け取っていた。おそらく学会参加者への案内だと思うのだが、英語ばかりで残念ながら奈緒子には内容を詳しく知ることができなかった。ただ一つ、奈緒子が知ったのはイギリスと呼んでいる英国の国名には United Kingdom of Great Britain and Northern Ireland という正式名称があることだった。それと同様にエアメールにも王国を思わせる気品あるデザインが使用されていた。

学会で研究を発表するのはＮ看護大学の渡辺沙智子教授で、褥瘡と専門用語で呼んでいる床ずれのケアについてだった。渡辺教授は五十歳で臨床看護婦として病院の小児科や耳鼻科外来で長く働きながら、「看護学ゼミナール」という自主的な研究組織を立ち上げていた。臨床現場の看護を良くしたいという思いから、看護の安全性や安楽性といった観点で学習や研究を進めている。

池田看護部長はその看護学ゼミナールに個人的に

参加しており、みずぬま協同病院でも渡辺教授の講演会が何回か開かれていた。看護婦が結婚したら病院から退職を迫られるような時代に、苦労して子育てと看護の仕事を両立してきた渡辺教授の講演は、奈緒子をいつも励ましてきた。どんなに目まぐるしく忙しくても、決して看護をあきらめない。食事、排泄、清潔などの身の回りの世話こそが、看護本来の仕事であるということを渡辺教授は毎回、印象深く話していた。

それはフローレンス・ナイチンゲールの『看護覚え書』にも通じるものである。看護学ゼミナールでのナイチンゲールの学びが、みずぬま協同病院の看護講座でも池田看護部長によって伝達されたのだった。

国際看護学会は、テーブルと椅子が配置されたフラットな広い会場で行われた。通訳は、専門用語も含めた翻訳が求められるため、現地在住の日本人女性が担当していた。

場違いなところに来てしまったと奈緒子は思った。日本でも看護学会は開かれていたものの、これまで一回しか参加したことがなかったし、臨床看護の事例をまとめても、学会がそれを受け付けなかったのだ。統計学を駆使して科学的な証明ができないような事例研究は、学術的にレベルが低いと思われていた。

イヤホンから聞こえてくるベテラン通訳の声は、難解な専門用語を抜け落ちることもなく確実に翻訳していった。国際看護協会の会長を務めるのは、南米コロンビアの看護団体の代表だった。東西冷戦が続いており、国際看護協会といっても加盟国にはソ連や中国、東欧などが入っていない。

開催地であるイギリスはもちろんのこと、アメリカ、フランスといった国の大学や厚生官僚の発表がその多くを占めていて、奈緒子にはどうも馴染めない内容ばかりだった。おそらく臨床での看護の問題を発表したのは、日本の渡辺教授だけだったのではないかと奈緒子は思った。

高齢者介護が家族に任せられている日本で、寝たきり老人問題がクローズアップされ、みずぬま協同病院の前身の病院が、地域の高齢者二万人を実態調査してから十年近く経った。寝たきり老人に多い褥瘡はそうした背景をもつ日本の看護の大きな問題になっている。ただ、医療制度の違う他の国にとってはどうなのか。それは奈緒子にはよく分からなかった。

三日間の国際看護学会の日程を終え、翌日は病院見学に行く予定になっていた。聖トーマス病院は、テムズ川沿いのビッグベンと呼ばれる巨大な時計台のある国会議事堂と川を挟んで向かい側にあった。病院にはナイチンゲールが設立した看護学校や、一八七一年に建設されナイチンゲール自ら設計した病棟があると言う。奈緒子が今回のロンドン行きで特に楽しみにしていた見学先だった。

建物の中に入って真っ先に目についたのは、パーテーションで囲われた小さなコーナーだった。写真が貼られて何かを展示しているようだったが、残念なことに紹介されることもなく通り過ぎてしまった。

院内の壁には大きくて立派な絵画があちらにもこちらにも飾られ、みんなが思わずカメラを向けた。奈緒子も思わずシャッターを押した。みずぬま協同病院にも、確か寄付してもらった立派な絵が飾られていたが、こちらとはスケールも迫力もまったく違うように思った。

「佐山さん、帰ったらさっそく看護講座で報告してちょうだいね。貴重な体験だから、みんなが聞きたがるわよ」

池田看護部長が奈緒子に声をかけてきた。

「はい、分かりました。ナイチンゲールが病院の設計をしたって聞いたことがありますけど、当時の病棟が百年以上経った今もあるなんてうれしいです」

奈緒子はレポーターになることを快く引き受けた。頼まれたら、いやとは言えないことが多かったが、今回ばかりは自分から名乗りを上げたいほどだった。先輩のさとみや後輩の香織などと一緒に来られたら、どんなに楽しい旅になっただろう。それは叶わなかったが感動をしっかり伝えたいと奈緒子は思った。

講演と病院見学の案内をしてくれたのは英国王立看護協会のマーガレット・ブラウンという名の女性だった。おそらく日本看護協会と同じような組織だろう。長い足にグレーのパンツスーツが似合っている。明るい茶色のボブヘアでさばさばとした雰囲気だ。

まずは見学の前に会議室のようなところに通された。挨拶の前に皆さん、英語は分かりますかと質問をした。分かる人も何人かはいたが、ほとんどの人は分からないと知ると、両方の手のひらを上に向けて、肩をすくめる外国人特有のしぐさをした。英語くらい分かって当たり前という気持ちなんだろうか。奈緒子は勉強したいと何度も思うのだが、その度に三日坊主に終わる自分を情けなく感じた。

ミセス・ブラウンは自己紹介の後、講師用のテーブルにおもむろに腰掛けて長い足を組んで話し始めた。日本ならどうも行儀の悪いように思われるが、こちらではそんなこともないのだろう。立ち居振る舞いの一つひとつにも、文化の違いがあるものだと奈緒子は思った。

レポーターとして報告をするからには、一言も聞き逃すまいと、奈緒子はペンを握る手に力が入った。幸い、ミセス・ブラウンが話した後に通訳が話すのでタイムラグがあり、メモをするのには好都合だった。

「ゆりかごから墓場まで」と言われるイギリスの国民保健サービスは戦後の一九四八年から提供されている。この制度はNHSと呼ばれ、すべての国民に予防医療、リハビリも含めた包括的保健医療を原則無料で提供すると言う。

国民皆保険である日本の制度と似ていると言えなくもない。だが、日本の場合は強制加入の社会保険であり、すべて税金で賄われている点がイギリスの医療制度の特徴だ。受診方法は日本のようなフリーアクセスではなく、自分のかかりつけの診療所の診察を受けなければならない。その診療所の家庭医が必要と判断すれば、病院に紹介されるというシステムになっていると言う。

診察代、薬代、検査費用など、患者に提供した分だけ費用が発生する出来高払い制の日本に対して、イギリスでは人頭報酬となっており、診療所に登録された患者数に対して金額が定められている。そして、病院はすべて国営で地域保健局が国の予算で管理運営しているそうだ。

「日本の病院では差額ベッド代というのがありますが、イギリスにはないんでしょうか」

手を挙げて質問したのは池田看護部長だった。ツアーの参加者たちからは、当然ないでしょうという失笑めいたどよめきが起こった。

ミセス・ブラウンは最初、質問の意味がよく飲み込めなかったようだったが、通訳の詳しい説明を聞いて驚いたような表情をして答えた。

「医療費は基本的にすべて無料ですから、個人的な負担というものは当然ありません。まさか日本に、そんな負担があるとは知りませんでした」

池田看護部長はもちろん、イギリスに差額ベッド代などないと知りながら、あえて確認したのだと奈緒子は思った。レポーターである奈緒子に印象づけるために言ったのかもしれないと思った。

日本国憲法第二十五条に規定された生存権は、入職以来、事あるごとに聞かされてきた。二十五条には「すべて国民は、健康で文化的な最低限度の生活を営む権利を有する。国は、すべての生活部面について、社会福祉、社会保障及び公衆衛生の向上及び増進に努めなければならない」と書いてある。

憲法の生存権からすれば、国によって無料で提供される医療というのが、本来のあり方なのではないか。差額ベッドに限らず、健康保険本人にも医療費の自己負担が強いられるようになった日本の現状は、イギリスとはずいぶん違うもののように思えた。

だが、イギリスでもサッチャー政権になり、八〇年代に入ってから、歳出抑制のための改革が必要だと低医療費政策が進められている。医療費の削減はもちろん、市場主義的競争による医療サービスの効率化が目指されている。そしてそれによって、医療現場の労働環境が悪化し、看護婦の離職や海外流出で人員不足に苦しんでいると言うのだ。

　イギリスにおけるサッチャー政権の方針は、まるで日本の中曽根政権が推し進めている医療政策と同じようではないか。武藤院長の講義で学んだことを奈緒子は思い起こした。医療、福祉の切り捨てや規制緩和、国鉄などの民営化を推し進めている「臨調行革」路線と、まるで一つにつながっているように思えた。

　ミセス・ブラウンはそうした看護婦不足を解消し、看護婦を増やすよう看護協会として国に働きかけていると話した。その時、奈緒子は日本の職能団体としての看護協会とは、何か違うように思った。英国の看護協会は労働組合としての機能を果たしているのではないか。

　日本では看護同盟という組織が自民党に議員を送り出しており、看護協会もそれに同調して、まだ看護婦不足について表立った要求を政府に突きつけていない。准看護婦問題が解決されないのもおそらくその影響だと思われた。

　看護同盟に対抗するべく看護をよくする会という団体が活動していることを奈緒子は、池田看護部長から聞いて知っていた。本来なら職能団体としての立場を貫き政府に要求をする、そんな看護協会であるべきだ。奈緒子は協会員の一人として強くそう思った。

　ティータイムにミセス・ブラウンの講演は休憩となり、紅茶とクッキーが振舞われた。午前十一時に設けられた十五分ほどの休憩時間というのは、産業革命後の労働者が午後一時の昼食までの間、リフレッシュするために取り入れられたと通訳の女性が説明してくれた。

「へえ、それはいいわねえ。現場のナースもそんな時間が取れるのかしら」

　池田看護部長が奈緒子に話しかけた。

「もし、ティータイムが取れているとしたら、羨ましいですね。うちの病院だったら、一番忙しい時間帯で、とても休憩なんて無理ですけど」

　甘くて大きすぎるクッキーを食べながら、奈緒子は答えた。

「佐山さん、レポート、まとめられそう」

「ブラウンさんの話は目からうろこの話ばかりで、レポートのまとめがいがあります。早くみんなに知らせたいことがいっぱいあって困ります」

「そうよね。武藤院長にも聞かせましょうよ。私がイギリスに行くのをすごく羨ましがっていたんだから」

看護講座にはスライドをたくさん作って、みんなに見せたかった。武藤院長はなんと言うだろうか。労組の真治にだって伝えたい。奈緒子は心を躍らせた。

講演の後半はイギリスの看護についてだった。近代看護の母と呼ばれるフローレンス・ナイチンゲールを生んだ国が、その後、どんな看護をしているのか。アメリカの看護理論が次々と紹介され、日本の看護界を賑わしているなかで、イギリスについての情報は奈緒子の知識の及ばないところであった。

イギリスの国民保健サービスであるＮＨＳは、国営の病院治療サービスと、かかりつけの診療所の家庭医のサービス、そして自治体による地域保健サービスの三つの領域を基本軸としている。特に日本ではまだ制度化されていない在宅看護サービスがＮＨＳのなかに位置づけられているのがその特徴である。

十九世紀後半、キリスト教的な慈善事業、救貧活動に端を発した訪問看護は、戦後のＮＨＳでは、疾病を予防しさらには積極的に健康の維持増進を目指した事業を提供してきたと言う。また、病院の病床不足という点から、入院待機中や退院後の回復期の患者が自宅療養できるようなサービスも担っている。

日本では入院期間が平均で三十日となっており、その長期化が医療費を増加させていると非難を浴びている。一方で、在宅の寝たきり老人が増えて問題化され、家族に介護負担が重くのしかかっている。在宅療養の場に看護サービスが提供できれば、巨大な床ずれをつくって、入院してくるような事態を改善することができるし、老人をねかせきりにさせないようにできるのである。だが、介護福祉士という新たな専門職をつくり、老人介護を担わせることが法制化された。訪問看護の制度化を踏みとどめ、医療費の自己負担を強いる「臨調行革」路線の動きは、まさにイギリスの保健サービスの考え方に逆行していると言えるのではないか。医療費を減らすためには、積極的な予防を図っていけばいい。看護婦はむしろ増やすことで医療費は減らすことができる。奈緒子はミセス・ブラウンの話を聞けば聞くほど、日本の医療政策の矛盾に腹立たしさを感じずにはいられなかった。

このツアーには、イギリスで在宅看護を学んでいる看護婦も参加していると聞いた。日本の訪問看護はまだ制度化に至っておらず、どんな看護をしているのか、このツアー中にぜひ聞いてみたいと奈緒子は思った。

講演は終わり、いよいよ院内見学に回ることになった。奈緒子はカメラの中にフィルムがまだ残っているか確認した。せっかくの見学に写真を撮りそびれたらもったいない。ツアーの一行はみんなそれぞれのカメラを持って盛んに写真を撮って回った。

聖トーマス病院の北棟は、建設して十年ほどの日本でよく見かけるような近代的な十三階建てのビルだった。講演を聞いた会議室もこの建物の中にあった。玄関に入ってすぐ目に付いた小さなコーナーでは、署名活動をしていると言う。

「もう時代にそぐわないからと、ナイチンゲール病棟を取り壊す計画があるんです。私たちは反対運動の署名を患者さんたちにもお願いしています」

レースを小さく丸めたようなナースキャップを頭に載せ、ブルーのワンピースに白いエプロンをつけた何とも可愛らしい雰囲気のユニフォームを身につけた若いナースが言った。

北棟の奥が南棟で一八七一年に建てられたナイチンゲール病棟だった。医療費を削減するためなのだろうか。ナイチンゲールの遺産まで取り壊すなんてひどい。奈緒子は病院の職員が署名活動をしていることにも注目した。みずぬま協同病院でも玄関先で、医療改悪反対の署名や核兵器廃絶などの署名をしていたが、聖トーマス病院でも同じように署名に取り組んでいることを知ってうれしく思った。

　日本で署名に取り組んでいる病院は、そう多くはない。でも、それは決して特別なことではなく、当たり前のことなのだと思えた。

　ナイチンゲール病棟は三十五メートルもある細長い長方形のワンフロアだった。一箇所しかない入口を入ると天井は高く、左右に向かい合うように十五床ずつベッドが並んでいる。ベッドとベッドの間は二メートルほど離れており、大きな窓がベッド毎にあって明るい日差しが入っている。左右両方の窓を開けば換気も十分にできるようになっていた。

　古めかしく暗いイメージを抱いていただけに、広々として明るいナイチンゲール病棟を実際に見て、まるで体育館に案内されたような気さえした。壁はクリーム色のペンキで染み一つなく塗り替えられ清潔感も感じさせた。

　中央には四箇所に分かれて机があり、そこで医師やナースが話したり、記録したりしている。スクリーンで閉ざされているベッドもあるが、ほとんどのベッドは閉ざされておらず、病棟全体が見渡せていつでも患者の様子が分かる。トイレは二箇所、入口とは反対側の端に配置されていた。

　クリミア戦争に従軍看護婦として赴任したナイチンゲールは、トルコのスクタリの病院で院内感染が蔓延し、多くの兵士の命を失ったことに大変なショックを受け、このような設計を考案したのだった。排水や換気、採光など環境に配慮し、院内感染の防止を図る設計となっている。

　その後、日本を含め世界中の多くの病院がこの設計を取り入れたのだ。それはまだ細菌学も確立されていない頃だったことを考えれば、ナイチンゲールがいかに現場の実態を知り尽くしていたか、データを分析する能力に長けていたのかが分かる。

　百年余りを経てプライバシーが重視され、個室化が進むなかで、院内感染は今も大きな問題になっている。抗生物質が開発されて、死亡率は減ったものの新たな耐性菌が生まれているからだ。

閉鎖的なナースステーションで申し送りやカンファレンスをして、ナースが病室から離れている日本とは違い、ここの職員はまったくオープンな空間で、患者から目を離さないでいられる。ナースにとっても、患者にとっても、安心していられるのではないか。患者がわざわざ勇気を出してナースコールを鳴らさなくても、先に変化に気づいてケアができたらどんなにいいだろう。奈緒子はここで自分が働く姿をイメージしていた。

英語ができる人はベッドに横たわる女性に声をかけたりしていた。その様子を見ていて奈緒子がふと気がついたのは、どの患者も点滴をしていないことだった。点滴がベッドのそばに垂れ下がっているのがまるで当たり前の光景として身についていたけれど、ここではそうではなかった。医療制度の違いが、自分の常識をこれほどまでに覆すのかと奈緒子は衝撃を受けた。

「イギリスじゃあ、風邪で高熱が出たって薬はもらえないのよ。一週間もすれば治りますよって医者から言われるんですって」

どこからか、そんな声が漏れ聞こえた。病院に入院するのに何週間も待たねばならないとか、フリーアクセスではないなど、確かにイギリスの医療制度のデメリットはまだあるかもしれない。だが、それ以上に、日本が取り入れるべきものが多いように奈緒子は感じた。

テムズ川にかかる大きな橋の上を赤い車体の二階建てバスがゆっくりと通り過ぎていく。対岸にはウェストミンスター宮殿が、悠久の時を越えてイギリスの象徴として君臨しているのに、なぜ、ナイチンゲール病棟は取り壊されてしまうのだろうか。それはあまりにも悲しい。奈緒子はナイチンゲール病棟廃止の反対活動に一緒に加わりたかった。

ナイチンゲール病棟の見学を終えた後は、看護学校の教室に案内された。ミセス・ブラウンが教室の扉を開けると、ちょうど休憩時間なのか、若い女性ばかりの看護学生たちがおしゃべりしているところだった。ツアーの一行はみんなここぞとばかりにカメラのシャッターを切る。もちろん奈緒子もその一人だった。今でもナイチンゲールの教えがここで新しい看護婦を導いているのかと思うと、とてもうれしかった。

「わー、まるで記者会見みたい」

学生たちはそう言って、みな恥ずかしそうに照れ笑いしている。奈緒子もほんの三年ばかり前はこんな看護学生だった。病院実習の厳しさに苦しんでいたことを思うと今の方がずいぶん、気持ちの上では楽になった。

そして、今まさに準備を進めているというナイチンゲール博物館の展示物を見せてもらうことになった。

「日本の看護協会からも博物館建設のための寄付を頂きました。どうもありがとうございます」

ミセス・ブラウンは丁重に感謝の言葉を述べた。

印象的だったのは、ナイチンゲールが手にしていたものと同じ古いランプだった。

電気もない暗い夜にもランプの明かりを手にして、傷ついた兵士たちを看護したナイチンゲールには「ランプの貴婦人」という異名がある。

その古いランプはトルコ製のもので、よく見る洋風のランプとはずいぶん違う。蛇腹になった形が、まるで日本の小田原提灯のようだった。それは特別、厳重にアクリルのケースに収められていた。

「佐山さん、見てよ。ナイチンゲールが持っていたのって、こんなランプだったんだ。携帯するにはもってこいだけど、暗くて大変だったでしょうね」

池田看護部長が奈緒子を呼び止めていった。

「ほんとですね。こんな小さなランプの灯りで、病棟を見て回ったんですね。もっと大きくて明るいものだとばかり思ってました」

奈緒子は高校の衛生看護科の戴帽式に胸を熱くしたことを思い出していた。それはナイチンゲールの白い像が手にしているキャンドルから、灯火を分けてもらいナースキャップを戴く儀式だった。

ナイチンゲールが昼も夜も患者のそばを離れず、看護に当たっていたその象徴がこのランプの灯りなのだ。奈緒子は小田原提灯のようなトルコ製のランプを見つめながら、戦地の病院で軍医に対して様々な要求をし、療養環境の改善を図っていったナイチンゲールの姿を思い浮かべていた。

十五　旅の終わりに

バスに揺られながら、奈緒子はロンドンを出て、北の湖水地方に向かう風景を眺めていた。のんびりと牛が草を食《は》む姿がところどころに見える。まるでよく手入れされたゴルフ場のような丘陵地がずっと続いている。山や川、田んぼや畑という日本の田舎の風景とは違うものの、その美しい景色に見とれていた。

ツアーのロンドンでの行程を終え、これからカントリーハウスに泊まって、最後のディナーを楽しむことになっていた。それはかつて貴族が田園地帯に建てたお城のような館で、今ではナショナルトラスト運動の一環でホテルになって開放されているところだった。

奈緒子が大好きなピーターラビットが、どこからか顔を出しそうだ。初冬のイギリスの日没は早く、午後四時にはもう真っ暗になってしまう。せっかく楽しみにしていた庭園はすでに闇に包まれていたが、それでもみんなカメラを向けていた。

いつか静かな田舎で緑に囲まれながら、穏やかに暮らしたい。奈緒子は看護婦になってから、そんな思いを抱くようになっていた。奈緒子の実家は埼玉県の南部で東京にほど近い場所だったし、父方の亡くなった祖父母はかつて、墨田区の下町に暮らしていた。母は群馬県の館林市出身だが、幼い頃に両親に死に別れて、すでに親戚とは疎遠になっていた。

夏休みに田舎のおじいちゃん、おばあちゃんのところに遊びに行ってきたという友だちの楽しげな様子を羨ましく思ってきた。だが、奈緒子が今、田舎に憧れるのは看護の仕事を続けていく自信が持てなかったからに他ならない。奈緒子は学生時代に学校で教えられた看護を自分は実践できているのだろうかと自問する日々を送っていた。

人手不足のなか仕事に追われ、ナースコールに走り回り、ただ業務を滞りなくこなしていくそんな自分に嫌気がさしていた。一日にたった一つでもいい、自分が患者さんとの関わりを通して、看護の喜びや誇りを感じたい。

業務をこなすだけの看護婦でありたくない。奈緒子は旅の終わりに自分が仕事に対して感じていた思いを振り返っていた。

カントリーハウスで同室になったのは、鹿児島出身の同世代のナースで、これからアメリカ留学を控えた上村朋子だった。高校生の頃、語学留学したこともあるという英語に堪能な人で、旅の間、みんな何か困ったことがあると、自分で解決しようとせず何でも朋子に頼っていた。最初は快く応じていた朋子も、それが度重なってくると、どうして自分で英語を喋らないのかしらといらだちを見せていた。

奈緒子も英語には自信がない。コーヒー一つ注文するのにも、発音が気になって小さな声になってしまうのだった。間違えてもいいと思いながら、恥ずかしい方が先にたつ。逆に日本人を見て、こんにちはと日本語で話しかけてくる店の人もいるのに、やはり奈緒子も朋子を頼ってしまう人の一人に過ぎなかった。

「いよいよ最後のディナーになってしまって、何だか残念ですね。イギリスに来るのは初めてだったけど、こんな有意義な旅に参加できて本当に良かったです。それに尊敬している渡辺教授に同行できたのは何よりでした」

朋子はディナーを前に奈緒子にそう言って目を輝かせた。

「私はイギリスに来てみて、ナイチンゲールがすごく身近に感じられたんです。まさかナイチンゲール病棟が見られるなんて思いも寄りませんでした。実際に見てみると、『看護覚え書』に書かれたように、ナイチンゲールがいかに観察を大事にしていたのかすごくよく分かりました」

この旅で特に奈緒子が感動したことは、『看護覚え書』で学んだその理論が、ナイチンゲール病棟に生かされて実現されていたことだった。

「奈緒子さんの言う通り。環境だってそうですよね。換気、採光、温度。今はそういうことが忘れられているみたい」

奈緒子は朋子に言われて、みずぬま協同病院の狭い病室を比べていた。詰め込むだけ詰め込まれて、隣のベッドとの間の狭い病室で院内感染が蔓延《まんえん》している。

それは地域のベッド数が不足していることや、ベッドに入院患者があることで診療報酬が入るなど、日本の医療制度上の問題にもつながっていることが、この旅を通して理解できたのだった。

「今晩のディナーでは、イギリスで訪問看護の研修をしている方のお話が聞けるそうですよ。私、これからアメリカで訪問看護を学ぶ予定なんです。だから、すごく楽しみ。私はもっと看護の専門性を生かす仕事がしたいと思ってるんです」

奈緒子は朋子が言った看護の専門性という言葉に何か特別な響きがあるように思った。

看護婦だからこそ、できる何かがある。そんな目標が奈緒子にも芽生え始めていた。

こちらでのディナーはおしゃれな服を着ておめかしするのがマナーだ。奈緒子は旅に出かける餞別《せんべつ》として、さとみと香織からプレゼントしてもらったワンピースに着替えた。ピンクの地に全体に花の模様がある。ポニーテールにしていた髪を肩に下ろし、メガネをはずしてアイシャドウと口紅を引いた。朋子は鮮やかなスカイブルーのワンピースを着て首に長いスカーフをなびかせ、一段とエレガントに変身した。労組の有平真治がおしゃれをした自分を見たら、なんて言うだろう。奈緒子はふと真治の顔を思い浮かべていた。まだ日本を発ってから一週間もたたないのに、奈緒子はホームシックになっていた。

日本に戻って真治に会ったら、伝えたいことが山のようにあると思った。以前、真治に食事に誘われた時には、失恋の痛手もあって奈緒子は真治のことを考えることなどできなかった。労働組合は本気で看護現場のことを知ろうともしなかったし、他の職種に比べて優遇されていることを良く思わない執行委員もいた。労組が夜勤の実態調査に入ってくれてから、ずいぶんと風向きが変わってきたように思えた。それは労組の専従として真治が看護問題について、真剣に取り組んでくれたからではないか。最初は頼りなげで職場の実態を何も知らなかった不甲斐《ふがい》ない真治が、奈緒子のなかで少しずつ信頼できる人に変わっていったように感じた。

重厚で職人の彫刻の技がすばらしいアンティークな暖炉や本棚、テーブル。ここの調度品のどれもが長い歳月、ここを訪れるすべての人を魅了したのではないかと思えた。ほの暗いキャンドルの灯火が、心を癒してくれる。カントリーハウスで過ごす夜は、貴族だったナイチンゲールのお屋敷を思わせた。

ディナーは長い大きなテーブルを囲んでみんなが向かい合うように座った。ツアーに参加したナースたちがそれぞれ、おしゃれに着飾っている。結婚式やパーティでもなければ、ナースはおしゃれに気を使う人はそれほど多くない。学会ではスーツを着る人が多いから、白衣以外の私服でめかしこむこんな機会はめったにないのだ。池田看護部長は奈緒子の隣の席に座った。

「あら、佐山さん、素敵じゃない。見違えたわ」

「ありがとうございます。これは着物の生地なんですか。とってもきれいですね」

池田看護部長はちりめんの生地に華やかな牡丹《ぼたん》の花をあしらいワンピースに仕立てた服を着ていた。

上等なシャンパンがグラスに注がれて、ツアーの代表である渡辺教授が乾杯の音頭をとった。

「乾杯、チアーズ」

お酒の苦手な奈緒子も、その上品な美味しさにお代わりをしたくなるほどだった。奈緒子は頬が赤くほてるのを感じたが、それはお酒のせいと言うより、この旅の感動で胸がいっぱいになっていたからのように思えた。

デザートのケーキを食べ終わり、コーヒーを飲んで最後のディナーも終わりになった頃、現地で訪問看護の研修を受けているというナースの話を聞くことになった。東京で保健婦として十年ほど働き、イギリスへ研修にきて二年目になるという田中久子さんは、ショートカットに丸縁のメガネをかけて、小柄で快活そうな女性だった。

「皆さん、お疲れのところ、お時間を頂きまして、どうもありがとうございます。私は昨年からイギリスのサセックス州にありますブライトン・ポリテクニックにて地域看護を学んでいます。そこで出会ったコンチネンス・アドバイザーというこれまで全く聞いたこともなかった新しい職種に大変、衝撃を受けまして、今年からそちらの研修に参加させてもらっています。

イギリスの医療制度は皆さんもご存知のようにNHSという無料の包括的保健医療サービスと、各地方自治体の責任によって運営・提供される社会福祉サービスの二本の柱によって構成されています。

訪問看護サービスはNHSが提供する保健医療サービスに含まれており、税金がその主な財源となっています。利用料は基本的に無料です。

イギリスで地区看護と呼ばれるこのサービスは主に病院から退院した人々、複雑で長期的なケアニーズを抱える人々、また衰弱状態や終末期にある人々を対象として適切な看護プログラムを提供しています。地区看護を担うスタッフは主に地域保健サービス事業所で雇用されて、利用者の自宅を訪問して仕事をしています」

田中久子さんの話を聞きながら、参加者からはへえとか、そうなのといった羨む声が広がっていった。高齢化が進みつつある日本でも寝たきり老人問題が大変深刻な状況になっており、在宅で療養を続ける患者への訪問看護の必要性が叫ばれ続けている。「臨調行革」の名のもとに医療費の削減を推し進める中曽根政権が、訪問看護の制度化を阻んでいるのだった。

「私はこの研修を通してコンチネンス・アドバイザーに出会ったのですが、それは排泄を専門にケアをするナースでした。イギリスには三百人ほどがおり、地域や大学病院などに所属して、病棟や失禁外来での指導や検査、また家庭を訪問して困っている人を援助しています。患者さんへの直接的なケアだけでなく、おむつの選択や管理、また新製品開発のための企業へのアドバイス、社会的啓蒙のためのキャンペーンや教育といった活動も行っているんです。

初めて実習を経験させてもらったアドバイザーはジムという男性でした。ジムはとても優しい人で、二週間という短い間にいろいろなところに連れていってくれました。おむつの倉庫もその一つです。そこには見たこともない種類のおむつが山のように積まれていました」

スクリーンに映し出されたおむつの写真を見て、その多様で種類の豊富なことに奈緒子は驚かされた。驚きの声があちこちから聞こえてきて、皆、そのおむつの写真に釘付けになった。

奈緒子が日頃、使っているのは長方形の紙のパッドに布製のおむつカバーをするか、テープ式の臀部全体を包む紙オムツだった。イギリスでは男性用の陰茎を入れるタイプのパッドやたっぷり吸収する大きなパッド、パッドが入れられるポケットの付いたパンツなど、様々なおむつが用途に応じて使い分けられている。

田中久子さんの話はさらに続けられた。

「テープがついたお尻全体を包んでしまうおむつは日本ではよく使われていますが、ジムはあまり使ってないと言います。便と尿、両方の失禁のある人の特殊なもので、動ける人には使いにくいと言うのです。

そもそも日本とイギリスではおむつに対する発想が違うことが分かりました。日本では布団を汚さないために付けるもので、漏れないように厳重に包み込んで外出は考えていません。一方、イギリスでは快適に外出したり、生活の範囲を広げるために使用するものなんです。

イギリスでは本人の尊厳を守るために本人を中心に考えたおむつなのです。日本の考え方とは大きな違いがあります。たたみに布団の日本と、ベッドや椅子での生活のイギリスとでは風土や文化にも違いはあります。椅子での生活で座りきりはあっても、日本のような寝たきりという人はよほどの末期の人でなければ見かけません」

田中久子さんの話を聞いて、日本でこれだけ問題になっている寝たきり老人がいないということがなぜなのか、奈緒子にも納得がいった。おむつを選択するのも、本人の生活が快適になるようにすると考えたことがあっただろうか。失禁は老化現象で寝たきりなのだから仕方ないとしか思っていなかったことが奈緒子は恥ずかしかった。

「ジムは言いました。排泄のケアは単に尿道や膀胱の機能を見るだけではできないよ。人間のぎりぎりの尊厳を守る大切なケアなんだからと。それだけの誇りをもって、ジムはこの仕事に取り組んでいるのです」

尿が出にくかったり、尿路感染があったりすると、安易に膀胱に管を入れてしまうことも病棟ではよくあった。便が出なければ、浣腸や摘便をすることも、患者にとってはつらいケアだったのかもしれない。人間の尊厳を守る大切なケアだと言ったジムの言葉が、奈緒子にも衝撃をもって耳に残った。

　田中久子さんの話は三十分程度で終わり、解散となった。部屋に戻ると朋子はパジャマに着替えながら奈緒子に言った。

「田中さんの話、インパクトありましたね。おむつ一つとっても、日本とイギリスじゃ、こんなに考え方が違うなんて思ってもみませんでした。奈緒子さんはどう思いましたか」

　朋子は感慨深げに明るい顔つきで奈緒子に語りかけた。

「ほんとうに私もこの旅で一番、深く考えさせられました。日本にいたら当たり前のことが、こうしてイギリスに来たら、まったく常識でなくなる。看護ってなんて奥が深い仕事なんだろうって思いました」

　奈緒子はベッドに腰掛けて、スーツケースの中の荷物を整理しながら朋子に言った。この旅の締めくくりに、田中久子さんの話を聞くことができて、より一層、学びが深まったと思った。ナイチンゲールが多難を乗り越えて大変な努力で培ってきた看護が、歴史を経て今なお、この国に息づいている。人間の尊厳を守ることが看護の原点なのではないか。奈緒子はこれまでおぼろげだった看護への思いを確信に変えることができたように感じた。

　看護婦を辞めて、田舎でのんびり暮らしたいという密やかな現実逃避の企みは、まだこれから先に残しておこう。奈緒子は慣れぬベッドで眠りにつきながら、小さな決意をしていた。

　翌朝はまだ暗闇のなかだった。昨夜は見ることができなかった庭園が、今朝は見られるだろうと楽しみにしていたのに、朝は八時を過ぎないと明るくなってこないと言うのだ。

　残念だが、帰国の途につく慌ただしさで、ゆっくりと散策する暇もなく、バスに乗ってヒースロー空港に向かわねばならなかった。いつかまた、イギリスを訪れることができたら、今度こそは日照時間の長い夏に来て、ゆっくり観光したい。奈緒子は後ろ髪を引かれる思いで、カントリーハウスを後にした。

　再び、ロンドンへ戻ってお土産を買うために三越デパートに案内された。こちらで有名なハロッズにも行きたかったが、そんな余裕はなかった。何しろ、こちらのデパートは日曜日が休みで、ロンドン滞在中にゆっくり買い物をする暇がなかったのだ。

日本ではコンビニエンスストアが二十四時間いつでも無休で営業しているのだから、デパートが日曜日休んでいたのには残念な思いもしたが、これも労働者の権利だと思えば納得がいく。奈緒子はこの国に来て、これまでの常識をあらゆる場面で見直さなければならなかった。日本人がエコノミックアニマルと揶揄《やゆ》される意味が分かったような気がした。

三越デパートでは日本人の店員がいて、英会話のできない奈緒子も安心して買い物することができた。紅茶の売り場には日本人観光客が大勢いた。奈緒子はあれこれ物色しながら、おしゃれな花柄のデザインの紅茶の缶を選んだ。

「佐山さん、紅茶を買ったのね。みんな楽しみにしてるわよ」

池田看護部長の買い物かごにはクッキーやキャンディが入っていた。最後の買い物をみんなが楽しんでいた。

ヒースロー空港を発つ飛行機の窓から、テムズ川の流れが見える。ビッグベン、聖トーマス病院、ナイチンゲール病棟、そして看護学校が、この街並みのどこかにあるはずだが、もうどこなのか奈緒子には分からなかった。

この旅を終えて帰国する奈緒子には、旅に出かける前の自分とは違う気持ちの高鳴りがあった。

「残念ね、もう帰らなきゃいけないと思うと、まだイギリスに残って、もっといろいろ見て回りたかったと思うわ」

池田看護部長は、名残惜しそうに窓の外のロンドンの風景を眺めながらつぶやいた。

「そうですねえ、私もそう思います。部長にこの旅に誘って頂いて、病棟にも長い休みをもらって、この旅に来られてほんとうに良かったです」

「佐山さんがそう言ってくれて良かったわ。だって、結構な出費だったでしょ。若いあなたに無理させちゃったかなって心配してたのよ」

「確かに貯金がだいぶ減りましたけど、それ以上にたくさんのことを学べましたから、得した気分です」

奈緒子は部長の質問に明るく答えた。

「実はね、みずぬま協同病院の建設が決まった時に、最初は私、病院の管理委員会で大反対したのよ」

池田看護部長は声を潜めるようにして奈緒子に打ち明けた。奈緒子がまだ学生だった時、病院見学に行って就職を呼びかけてくれたのは他ならぬ池田看護部長だった。その自信に満ちた何事にもぶれないように見えた部長にそんな迷いがあったなんて知らなかった。

「だっていきなり埼玉県の田んぼの真ん中に二百四十床の病院を建てることになって、看護婦が集まるはずがないと思ったのよ。でもね、地域の人たちがとにかく支援してくれて、建設資金も看護婦の確保にも協力してくれたの。市長さんも市立病院として迎えたいとまで言ってくれて。だから、その期待を裏切るわけにはいかなくて、とにかく必死に看護婦を集めたの」

「そうだったんですか。二病棟しかない小さな病院が、病棟を三つも増やしたんですから、看護婦を集めるのは大変ですよね」

奈緒子は今の深刻な看護婦不足の実態を考えてみても、部長の苦労が実感できた。

「東京はもちろん、九州や関西、東北、北海道、とにかく全国に足を運んで新卒看護婦を探したのよ。古くて小さくて設備だって整ってない病院だけどね、看護の魅力をとにかくアピールしたの。佐山さんもそうだったわよね。うちが目指している看護や医療に共感してくれた人が遠くから就職してくれたわ」

そう言えば、さとみは関西からだったし、香織は愛媛だし、地方の看護学校から新卒看護婦が数多く就職していたことに奈緒子は気づいた。

「部長の話を聞いて、そんな看護をしてみたいなあって心を惹かれたんです」

奈緒子は初心を思い出していた。制度のないなかでも、訪問看護の仕事を始めて少しずつ成果を築いていく。そんな地道な努力の積み重ねがあって、みずぬま協同病院の看護のスピリットが生まれてきたのだった。

「私も実を言うと、つい最近までこんなきつい看護婦の仕事をいつまで続けられるんだろうかって自信をなくしていたんです。人が足りなくて、業務を回すだけで精一杯で自分は今日、看護をしてたんだろうかって思うようになってしまって」

「そうだったの、よく分かるわ。夜勤も回数が増えているし、大変な思いをして勤務しているんでしょ、無理もないわよ」

池田看護部長はいつもそう言って職員を励ましてくれていた。共感してもらえるだけで疲れた気持ちが癒されるように奈緒子は感じていた。

「私なんかね、満州で十年以上、従軍看護婦をしていたから、忙しいのは当たり前みたいになってしまっていたけど、帰国して診療所で働いていた時には家に帰れないことが何度もあってね、君は離婚ものだねなんて先生から冷やかされたのよ」

部長は笑いながら昔のことを懐かしむように奈緒子に話した。

「いつか従軍看護婦をしていた時のことを若い人たちに話さなきゃいけないって思っているんだけど、それはもう看護なんて呼べないひどい仕事だった。あなたには想像もできないでしょうけど、戦争なんてそんなものよ。軍国少女だったから、自分もお国のために力になりたいなんて思ってたの。

いまでも忘れられない。もう戦争も終盤になった頃、私は兵隊さんにガソリンを配る仕事をさせられた。兵隊さんは地面にたこつぼと呼ばれる穴を掘って、そこに爆弾を抱えて潜み、ソ連軍の戦車に体当たりするの。私はこんな悲惨な殺し合いに加担するために看護婦になったんじゃない。今でもその若い兵隊さんたちの顔が思い出されてね、うなされる時があるの。

戦争に駆り出されれば、従軍看護婦だって兵隊だって命を投げ出して死ぬのが当然。お国のために生きる権利だって許されなかった時代よ。ナイチンゲールのように兵士の命を守るために働くことはできなかった。平和でなかったら、看護なんかできない。戦争はもう絶対にさせない。私はね、そういう思いで看護婦の仕事を続けてきたの」

　奈緒子は壮絶な部長の体験を聞いて、戦場での看護の仕事がいかに矛盾に満ちていたのかを知った。平和を守り命を守ることが部長にとって、広い意味での看護なのだ。

　人間の尊厳を守る看護は、平和を守ることにもつながっている。奈緒子は看護の奥深さと同時に、もっと根源的な看護の原点を見つめ始めていた。星がまたたいていた空にいつしか朝日が白く広がっていった。

十六　新しい一歩

見慣れた風景が何か違って見えるような気がした。イギリスから一週間ぶりに日本に戻ってきた奈緒子は不思議な感覚を抱いた。もう英会話に苦労することもないし、食べ慣れた食事も食べられる。帰りの飛行機の中で出た機内食の焼き鳥の味は格別だった。味噌や、醤油にこんなに恋い焦がれるとは思ってもみなかった。

　生まれて初めて住み慣れた日本を離れてみて、奈緒子は外側から日本を見たような気がした。日本で当たり前だと思っていたことは、他の国にとっては常識ではなかった。奈緒子は夕方、カンナ寮に着いて部屋にスーツケースを置くと、さっそく組合事務所に専従の有平真治を訪ねた。

　真治のワープロに向かう背中が、どことなく違って見えるのは気のせいだろうか。以前なら縮こまって猫背に見えたのに、背筋が伸びてキー操作も滑らかになったように感じる。

「有平さん、お疲れ様です。今、イギリス出張から帰ってきました」

奈緒子はおどけて真治の背中に声をかけた。

「おお、奈緒ちゃん、無事に帰国できたんだね。それは良かった。俺もちょうど奈緒ちゃんを待ってたんだよ」

振り返った真治は奈緒子の顔を見て、ワープロのキーボードを打つ手を休めた。

「これ、有平さんにお土産。本当はコーヒーが良かったけど、やっぱりイギリスは本場だから」

奈緒子は紙包みを真治に手渡した。ロンドンでは三越でも、日本のように綺麗《きれい》な包装紙に入れては包んでくれなかった。茶色のシンプルな包み紙が何だか恥ずかしかった。

「もしかして、これって紅茶？　本場の紅茶か、すごいなあ。奈緒ちゃん、ありがとう」

真治は象のプリントがしてある紅茶缶を手に取って珍しそうに眺めた。奈緒子は他の職場の人たちにも紅茶缶を買ったのだが、真治だけはちょっと変わったものを特別に選んでいた。他はみんな女性だったし、特に意識もしなかったが、男性に花柄もどうかと思ったからだった。

「あの、私の話からでもいいですか。いっぱい話すことがあるんだけど、どうしてもこれだけは有平さんに言っておかなきゃと思って、駆けつけたんですよ」

「へえ、そうなんだ、みんな話してほしいなあ。ゆっくり聞くから」

真治はワープロを背に奈緒子の方に体を向けて、テーブルにノートを広げた。

「いま、日本で政府が医療費を減らすためにやっているベッド削減を、イギリスのあの、サッチャーさんもやろうとしてたんです。あろうことか、ナイチンゲールが設計した歴史的な建設の病棟を潰そうとしてるの。それでね、職員が反対署名に取り組んでたんですよ」

奈緒子は握りこぶしでテーブルをどんと叩いた。

「えっ、イギリスでもそうだったんだ。そういう情報は貴重だね。なかなか報道にならないから、俺たちの耳には入ってこないしね」

真治は腕組みをしてうなずいた。

「私、今まで署名ってよくやってるけど、何だかそれが何かを変えるのかって軽く考えてきたんです。他の病院じゃ、署名用紙なんてあまり見たこともないし。でもね、あのロンドンの国会議事堂の向かい側にある聖トーマス病院ですよ。日本で言ったら、国立国際医療研究センター病院みたいなところで、白衣を着た看護婦が玄関で署名を集めてたんです。それって患者さんに向けて自分たちの意思表示をきちんと公にするってことでしょう。それでね、私たちの署名活動も、ものすごくかっこいいんだなって思い直したんです」

奈緒子は真治が豆鉄砲をくらった鳩のような顔で驚いているのを横目に見ながら、興奮して言った。

「奈緒ちゃん、いかしてるなあ。一見、地味な署名活動に光を与える世紀の発見じゃないか。聖トーマス病院で職員が反対署名なんて、テレビで放映してくれたら、いいよなあ。だけどそれはやっぱり、奈緒ちゃんがみんなに言ってくれたら一番いいよ」

奈緒子は真治が一緒に喜んでくれて、ほっとした。もし、冷淡な反応が返ってきたら、せっかくの旅の感動が半減してしまうと少し心配もしていたのだ。

「それで、有平さんの話ってなんですか」

伝えたいことは山のようにあったが、興奮して署名活動の話をしたら、旅の疲れが出てきて頭がぼーっとしていたことに気がついた。奈緒子は真治の話を聞くことにした。

「あの夜勤実態調査の結果を組合の会議で報告したら、これはもっと本腰を入れて看護婦問題に取り組まないといけないっていうことになったんだよ」

「へえ、組合もやっとそんなふうに言ってくれるようになったんですね」

真治はまるで自分の手柄のようにちょっと得意になって言ったが、奈緒子は心のなかでは、なぜ今まで本気になってくれなかったのかという不満もあった。

「そこで奈緒ちゃんにぜひ協力をお願いしたいことがあるんだ」

真治の声は明るくやる気に満ちていた。

「えっ、協力ってなんですか」

何だか嫌な予感がした。奈緒子は人前で発言するのが大の苦手で、組合の支部委員でありながら、手ごわい男性の多い会議で何も発言することができなかったのだった。だから、これまで看護婦問題が本気で取り上げられなかったのかもしれない。奈緒子は少なからず自分にも責任はあると思い始めていた。

「看護婦問題に真正面から取り組むために、新しい委員会を立ち上げることになったんだよ」

「新しい委員会って、どういう？」

奈緒子には真治が言っている意味がよくつかめなかった。

「うん、看護婦闘争推進委員会って、ちょっと堅苦しい名前なんだけどね、医労連（日本医療労働組合連合会）の方でも、全体の動きにしようと、加盟しているあちこちの労組から声が上がっているんだ。推進委員会には各部署から看護婦の委員を選出する予定なんだ。だから奈緒ちゃんにはもちろん三階西病棟を代表して委員になってもらいたいんだよ」

奈緒子は看護婦が各部署から選任されると聞いてうれしく思った。同じ看護婦同士なら、緊張して言葉に詰まることもなく発言もしやすい。それに看護現場の問題をすぐ共有することができる。看護婦の要求をしっかりと他の職種の委員に伝えられるようになるはずだ。奈緒子は少し考える間を取ったが、まもなく返事をした。

「有平さん、私、それやります。任せて下さい」

「おお、さすが奈緒ちゃん。イギリス帰りはやっぱり違うねえ」

真治はいつも奈緒子を茶化してくる。奈緒子は真剣に労組からの依頼に応えたのに、何だかちょっと腹立たしかった。

「それで有平さん、推進委員会って、具体的にはどんなことするんですか」

　奈緒子は真治の顔をきつい目でにらみつけながら切り返した。

「うん、それがさ。まだ詳しいことは決まってないんだよ。むしろ、看護婦さんたちが自分たちで要求を練り上げて、どんな取り組みをするのか決めるのがいいんじゃないかな。何をしてもいいんだよ」

「ふーん、そういうことなんですね。うまくイメージができないけど」

　奈緒子は半信半疑だったが、自分たちの要求を練り上げていくと聞いて、少し楽しみでもあった。

「あー、良かった。奈緒ちゃんが快く引き受けてくれたから、後はもう大丈夫だな。これで俺も安心だよ。ラーメンでも一緒に食べないか。むこうじゃ、洋食ばっかり食べてきて、ラーメンが恋しかったんじゃない。俺がおごるから、イギリスの話をゆっくり聞かせてよ」

「えー、いいんですか。じゃあ、お言葉に甘えて有平さんにおごってもらおうかな。もうラーメンが食べたくて夢に見るほどだったんですよ」

　奈緒子にはイギリスの土産話が尽きないほどあった。思いもよらない真治からの誘いに奈緒子は応じることにした。これまでは少し距離を置いていた真治を夜勤実態調査に入った時から、身近な存在として意識するようになっていたのだった。

　ラーメン龍の可愛らしいドラゴンの看板に灯りがついている。真治の後をついて店に入ると、まだ店には誰も客がいなかった。画像のかなり荒い大画面のテレビから、ジャズバンドの演奏が聞こえてくる。

　テレビの前のいつもの席に座ると、真治は少し暗い面持ちで奈緒子に話し始めた。

「みずぬま協同病院ができる前、古い病院の時はボーナスだって、三・五ヶ月出てたんだよね。俺が専従になってからボーナスは大幅にカットされるし、看護婦さんがどんどん辞めて外科病棟が一部閉鎖に追い込まれるし、実のところ専従としての責任を感じてるんだ」

「えっ、どうして」

奈緒子にはなぜ真治が責任を感じなければならないか理解できなかった。真治が時折見せる自信のなさが奈緒子は気になっていた。推進委員会を立ち上げて、新しい一歩を踏み出せるようになったのだから、後ろを振り向かなくてもいいはずなのに。

「もっと早く看護婦さんたちの要求をしっかり聞いていれば、働きやすい職場になっていたんじゃないかと思うんだ」

真治は少し声に力を込めて奈緒子に言った。

「確かにボーナスは削られたけど、イギリスだって、看護婦が足りなくて国に増員を要求しているんですよ」

奈緒子はむきになって言い返した。

「えっ、まさかイギリスでも看護婦が足りないの」

「英国王立の看護協会が、堂々とサッチャー政権に要求してるんだから、もうこれはうちの病院だけの問題でも、日本だけの問題でもないんです」

奈緒子は真治が責任を感じたり、落ち込んだりするようなことはまったく意味がないと思った。


「じゃあ、俺が責任感じなくてもいいのか。それは良かった。奈緒ちゃんがそう言ってくれてほっとしたよ」

真治はラーメンをすすりながら、奈緒子の顔を見て大きくうなずいた。奈緒子は真治を励ましつつも、また明日から職場に戻ることを考えると、気持ちが憂鬱になった。

普段は心に封じ込めて吐き出せていなかった思いを、今なら真治に話せるような気がした。

「実は病棟でもいろいろな人がいて、人間関係がすごく難しいんです。誰かが仕事を休めば、元々厳しい勤務なのにそのしわ寄せがきてさらにきつくなるし。責任追及で職場のチームワークがばらばらになるの。どうすればいいかって、私もすごく悩んでたんですよ」

「そうか、のんびりしているように見えて奈緒ちゃんも苦労してるんだよね」

奈緒子はのんびりしているなんて真治に言われて心外に思った。

「私だって、悩みくらいあります。落ち込むことだって多いし、いろいろ考えているんですから」

　奈緒子は真治をにらみつけて、頬を膨らませた。

「いやあ、ごめん、冗談、冗談。でもさ、現場の人間関係がぎすぎすするのも、やっぱり人が足りなくて余裕がないからだよ。病欠があっても余裕があれば、みんなで協力して助け合うことができるんだから。外科病棟で看護婦がどんどん辞めていったのも、仕事がきつすぎたからなんだろうなあ」

「そうですね、確かにそうかも。うちの病棟だって、もし余裕のある人員体制だったら、誰かが病気で休んでも他の人が勤務を代わるのもスムーズにできるし、人間関係が悪くなることもないですよね」

　真治と話をしているうちにこれまで自分が直面していた職場での問題が、余裕のない人員体制の問題とつながっているように思えてきた。

　職場で話すとどうしても職場の仲間を責めるような話になって解決の糸口が見つけられなかった。真治があまりにもあっさりと答えを導いたのには驚いた。そうだ、もっと余裕さえあればいいんだ。自分が理想とする看護に少しでも近づけるような気がしてきた。

　真治が職場に調査に入って職場の問題を理解してくれたので、自分の悩みを打ち明けても、ちゃんと受け止めてくれると思えるようになっていた。

「看護婦闘争推進委員会が立ち上がったら、奈緒ちゃんはどんなことしたいの。意見を聞かせてくれよ。俺が事務局を担当することになってるんだ」

　真治はラーメンの丼を傾けて汁まですっかり飲み干すと奈緒子に尋ねた。

「うーん、そうですね。私もまださっき聞いたばかりでいい案は浮かんでないんですけど、まずはそれぞれの部署で、どんな問題が起こっているかを共有するところから始めたいですね。たぶん、私がさっき言ったような人間関係のストレスをすごく感じてると思うんです。それから、もっとこんなふうに看護がしたいっていう夢を話し合いたいなあ。そうすれば、展望が見えてくるでしょう。ただ、人を増やしてっていうだけじゃ、何だか味気ないし、こんな看護がしたいから人を増やしてって言いたいんです」

奈緒子は自分で言いながら、胸がわくわくしてきた。

「ふーん、そうか。それはいいことだね。こんな看護がしたいって訴えたら心を動かされるなあ。現場の問題もいろいろあって、それを話し合うことは大事なんだけど、人間関係なんかは、団交なんかでは訴えにくいから」

真治は奈緒子の思いを受け止めてくれたものの、管理部といかに闘うかという視点で考えているようだった。

「そうなんですか。じゃあ、何をすればいいんだろう」

「これは組合の委員長が言ってたことなんだけどね、管理部が動かざるをえない数字を示すことが大事なんだって。例えば、夜勤回数が月十回協定なのに、それを越えて十一回になった人が何人いたとか。残業時間がどのくらいあったとか。そうすると、なぜそうなったのかっていう月の入退院数とか、緊急入院をどのくらい受け入れたとかいう数字を把握して、忙しさを数値化する必要があるらしい」

「ふーん、管理部に具体的な数字を訴えるわけなんですね」

奈緒子は真治の話を聞いて納得したものの、地道な分析作業を続けていかなければならないことを負担にも感じた。

「いやいや、看護婦を増やすためには、うちの病院の管理部だけに訴えても変わらない。署名活動とか、国民に向けたアピールをしていこうっていう話が今、医労連でも話し合われているんだよ。奈緒ちゃんが言ってたみたいにこれは日本だけの問題じゃないってことも、たくさんの人に知ってもらわないといけないしね」

地味な勤務実態の分析もしながら、多くの人に訴えてアピールする活動をする。それがこれから看護婦闘争推進委員会で取り組んでいくことなのか。奈緒子は真治から医労連がこれから進めて行こうとする計画を聞いて納得できた。

「いやあ、今日は奈緒ちゃんと話ができて良かったよ。こんなふうに一緒に食事しながら話したことなかったしね。奈緒ちゃんと話してると元気が出るなあ。俺もまだ組合の専従としては半人前だけど、いつか職員が働きやすい職場だなって思ってもらえるようになりたいんだ」

　真治がこんなふうに奈緒子の前で夢を語ったのは初めてだった。

「有平さん、ずいぶん変わりましたよね。最初に会った時は、病院のこと何にも知らなくて、何だか頼りなかったけど、今は何でも相談できるようになった気がする。私も有平さんと話してると、すごく元気が出てきます」

　奈緒子は素直な気持ちを真治に打ち明けた。

「そっかあ、今まではどうもそっぽを向かれている気がしていたけど、そんなふうに言ってもらえて、うれしいなあ。実は俺、いつか奈緒ちゃんをデートに誘いたいと思ってたんだ。奈緒ちゃんって素直だし、あまりみんなの前では発言しないけど、しっかりとした意見を持っていて、前から憧れてたんだよね。また食事に誘ってもいいかなあ」

　真治は照れて頬を赤く染めながら言った。奈緒子は突然の告白にちょっと戸惑ったが、これまで好意を寄せてくれていたことは何となく分かっていた。

「今度はもっとおしゃれなレストランとかに連れて行ってくださいね」

　奈緒子はもう失恋の痛手から立ち直って、新しい恋に踏み出していこうと思った。以前、好きだった人とは、一緒に夢を語り合うことができなかった。離れがたいほど好きだった人と気持ちの上で決別するのは本当に辛かった。

　これからどんな人生を歩んでいこうとするのか、自分が進もうとする方向を閉ざして、相手に合わせていくことはできない。真治の前ではありのままの自分でいられることが何よりうれしかった。真治からのデートの誘いを受け入れられたのは、一緒に同じ方向を向いていけそうな気がしたからだった。

一週間ぶりの勤務は患者の顔ぶれも少し変わっていて緊張した。奈緒子は白衣にナースキャップをかぶりエプロンをつけて、ナースステーションに向かった。休んだ分の情報を把握するために、看護記録やドクターカルテに目を通した。

「奈緒子、お帰り。元気に帰ってこられて安心したよ」

奈緒子の背後から肩を強く叩いたのは、先輩のさとみだった。真っ赤な口紅が今日も目立っている。

「お休みありがとうございました。いろいろ勉強になって楽しかったです」

申し送りが始まる前に婦長や他のスタッフにも、奈緒子は挨拶した。厳しい人員体制のなかで一週間も休めば、他の人に負担をかけることになる。そんな後ろめたさを感じながら、旅行をしてきたのだった。

「ねえ、今晩、洋子さん家に行って手料理をごちそうしてもらうことになっているの。奈緒子も一緒に行くでしょう。イギリスの話も聞かせてよ」

さとみの誘いはいつも突然だったが、特に用もなかったし、奈緒子は仕事帰りに一緒に行くことにした。一時期、看護婦を辞めて食堂を開いていた洋子の料理は、いつも絶品だった。後輩の香織も夜勤明けで仮眠を取ってから合流することになっていた。

洋子は夫と離婚して今は一人で暮らしている。賑やかな駅前のマンションの三階に洋子の部屋を訪ねた。玄関に入った途端、出汁のいい香りがした。奈緒子は実家に帰ったような、ほっとした気分になった。寮での一人暮らしで料理が苦手な奈緒子はいつも簡単なインスタント食品で済ませていた。

「洋子さん、すごくいい匂い。きっとこれはおでんだよ。そうでしょ」

さとみの勘はいつもよく当たる。

「ご名答。あたしのおでんはうまいよ」

湯気の立つ土鍋の中には、出汁の染み込んだおでんがたくさん入っている。サラダや漬物などの手料理が次々にテーブルに並べられた。夜勤明けで先に来ていた香織が待ちきれずに、みんなに催促するように音頭を取った。

「洋子さん、頂きまーす」

奈緒子とさとみ、香織と洋子の四人で、おでんの鍋をつつきながら、わいわいと話も弾んだ。奈緒子はイギリスの旅の報告をみんなにして、お土産の紅茶缶を手渡した。

「ふーん、それじゃ、ナイチンゲール病棟って、換気もばっちりなんだね。隣のベッドと、しっかり距離があるっていうのもいいじゃない。さすが、ナイチンゲールは名設計士だね」

奈緒子の話にさとみが感心して言った。

「うちの大部屋なんて、隣のベッドとの間が詰まってて、車椅子を置いたらもう身動きもできなくて大変だよね、あははは」

香織が笑うとみんなもお腹を抱えて笑った。

「ナースステーションなんてないの。小さい机が三つくらいあるだけで、そこで申し送りやカンファレンスをしてたの。それにキャンディまで置いてあって、ナースが仕事中に口にしてたんだから」

奈緒子が言うとみんなが驚いて口を揃えた。

「えーっ、そうなのお」

「日本の常識じゃ考えられないけど、国が変わればそれもありなんだねえ。やっぱり、発想をもっと柔軟にしなきゃだめだよ」

さとみがみんなを諭すように真面目な顔つきで言った。

「ナイチンゲール病棟はね、個室じゃないけど、いつでも看護婦さんが見守ってくれているから安心感があるって、患者さんに好評なんだって」

「患者さんが安心できるっていうのがいいなあ。安全で安楽な看護って教えてもらったけど、安心っていうのも大事なことですよね」

香織は腕組みしてうなずきながら話した。

「そうだよ、できるだけ患者さんのそばにいられるようにすることだね。しっかり観察していれば、患者さんの状態がいいのか悪いのか分かるし。看護講座で勉強したナイチンゲールの『看護覚え書』。看護の基本は観察、だからこそ、患者さんのそばにいなきゃ……」

さとみは自分に言い聞かせるように、つぶやいた。

「ねえ、さとみさん、確か作戦会議があるって言ってたじゃない。それでみんな集まったんでしょ」

洋子がさとみに小声で耳打ちした。このところ、病棟のなかでは意見の対立があった。基本に忠実な元看護教員の小暮婦長と、現場の状況に応じて柔軟に対応したいさとみとは犬猿の仲なのだ。

互いに譲ろうとしないので、周りはみていて冷や冷やする。さとみは何を考えているのだろうか。対立が深まらなければいいのだが、奈緒子は嫌な予感がしていた。

十七　ナイチンゲールに捧ぐ

作戦会議とは、どういう意味なのだろうか。小暮婦長とさとみの溝が深まるようなことだけはどうしても避けたい。奈緒子はここで作戦会議に加わって、さとみに取り込まれてしまうのが怖かった。

原則的な看護の視点に立つ小暮婦長の気持ちも分かるし、果敢に新しいことにチャレンジしようとするさとみにも、これまでずっと教えられてきたのだ。

看護学校を卒業して三年目になって少しずつ仕事に自信も持てるようになってきた。イギリスの医療や看護を学んで、これからはもっと自分で考えて意見を持てるようにしたかった。

「さとみさん、作戦会議ってどういうことですか」

さとみは洋子だけに今日の集まりの目的を知らせていたのだろうか。香織もピンときていない様子で黙っている。

「ごめん、作戦会議なんてちょっと人聞きが悪かったかな。朝、一時間くらいかかっている申し送りの時間をなくしている病院が増えてきて、看護婦不足のなかでうちの病院でも申し送り廃止の検討がされてるでしょ。婦長会では廃止に踏み切った病院の様子を見学に行ったりしていて、限りなくその方向に進んでいるみたいなんだよね」

さとみから聞くまで、奈緒子は具体的に申し送り廃止の方針が進んでいることは知らなかった。情報通のさとみには敵わない。職場で顔が広い分、あちこちでいろんな情報を聞き出している。

「さとみさんはやっぱり申し送り廃止には反対なんでしょ」

奈緒子はさとみが何を考えているのか知りたかった。

「申し送りのために患者さんのそばを離れているのは確かに良くないよね。その間は早番の看護婦がコール対応はしてるけど、貴重な朝の時間、ほとんどの看護婦がステーションにこもったまま不在になるわけでしょ。でも申し送りってすごく大事なカンファレンスの場でもあって、ただ記録を読めば分かるってものじゃないから廃止はしたくない。この矛盾をどうすれば解決できるのかって、すごく悩んでたんだ」

奈緒子も自分の意見が言えるほど、はっきりした確信は持てなかった。さとみと同じように廃止したくない気持ちと、患者のそばを離れることや貴重な時間を割かれることに懸念はあった。

「あたしは廃止してもいいと思うよ。もちろん不安もあるけど、その分、仕事ははかどるんじゃないの。看護婦が足りないんだから、効率的に仕事しなきゃ、残業が増えるばかりだよ」

洋子は空っぽになったおでんの鍋を片付けながら話に加わった。香織も悩ましい顔つきで首を傾げている。

「奈緒子はどう思ってるの」

さとみの問いに返す言葉が出てこない。

「うーん、どうすればいいのか、まだ私にも分からない」

こんな時、どうして判断ができないのか根拠を示して言えるようになりたい。奈緒子は自分がもどかしかった。

「香織は廃止に賛成する？」

さとみは香織にも問いを投げかけた。

「賛成はできないけど、反対もできないなあ」

夜勤明けのためか、眠そうに目をこすりながら香織は答えた。

「そうだ、そう、そう。ナイチンゲール病棟みたいに、オープンに申し送りしたらいいいんだよ」

さとみが突然、ひらめいたように言った。

「オープンにしても申し送りはやるってことなんでしょう。それじゃあ、小暮婦長が首を縦にふらないよ」

洋子はぴしゃりとさとみの意見を否定した。

「申し送りはなくさずに、患者さんのそばを離れない方法かあ。そんなのあるのかなあ」

テーブルに頬杖をついていた香織が頭を抱えた。

「あっ、もしかして、さとみさんが考えてるのって、ドクターの回診みたいなこと？」

奈緒子は半信半疑でさとみに尋ねた。

「そう、看護回診。患者さんのベッドサイドを回りながら、実際に観察して患者さんの声も聞いて申し送りしたら、一石二鳥だよね」

さとみの言ったことがようやくイメージできてきた。

「何それ？　看護回診？　ほう、さとみさんの発想にはついていけないね。考えてみたこともなかったよ。さて、小暮婦長がどんな反応するか」

手作りのチーズケーキがテーブルに並べられた時、それは初めて奈緒子にも香織にも洋子にもイメージすることができた。

「看護回診って名前、何だか堅苦しいしドクターの真似ごとみたい。申し送りっていうより、カンファレンスに近いんですよね。でもカンファレンスだと、ステーションでやるのと区別がつかないからだめだなあ」

奈緒子はチーズケーキに手を伸ばしたくなったが、まだ誰も手をつけていなかった。

「あっ、こんなのはどう。ウォーキング・カンファレンス。そうだ、ウォーキング・カンファレンスにしようよ」

さとみははしゃぐように、あまりにも突飛な対案をこうして生み出した。奈緒子はまだ半信半疑だったが、とりあえずウォーキング・カンファレンスが、ナイチンゲール病棟のイメージから誕生したことがうれしかった。

「よし、ウォーキング・カンファレンスに決まったからには、これで作戦会議はおしまい。チーズケーキ、早く食べなさいよ」

洋子はケーキを小皿に取り分けて、みんなに配った。

「ウォーキング・カンファレンスに乾杯しよう。かんぱーい」

さとみの音頭でティーカップでの乾杯となった。

「さとみさんって、ほんとにすごいよね。いつもびっくりするようなアイデアばかり、出てくるんだもん」

香織はケーキをほおばりながら笑った。

「私ばかりじゃない。奈緒子がナイチンゲール病棟の話を聞かせてくれなかったら、こんなこと思いつかなかったよ。だから、言ってみれば、ウォーキング・カンファレンスは、ナイチンゲールに教えてもらったってことになるね、そうでしょ、奈緒子」

「ナイチンゲールの教えの賜物かあ。天国でウォーキング・カンファレンスのこと聞いてたら、なんて言うんだろう」

奈緒子はみんなに二杯目の紅茶をティーカップに注ぎながら言った。

「きっとナイチンゲールも喜んでるでしょう。『ナイチンゲールに捧ぐ、ウォーキング・カンファレンス』なんて触れ込みで、看護雑誌に投稿して紹介したらいいんじゃない」

みんなが洋子の冗談に大笑いした。作戦会議はこれで幕を閉じた。

申し送り廃止の対案として、苦肉の策で誕生したウォーキング・カンファレンスは、まだ現実のものとはなっていなかった。これから、小暮婦長や婦長会、管理部でもどう受け止められるか分からなかった。

看護婦不足のなかで効率だけを求める業務改善が進められることに歯止めをかけたい。そのためには、さとみのように発想を柔軟にして、何が大切なのかをナイチンゲールの教えから学ばなければならない。奈緒子は気持ちを奮い立たせた。

今月の職場会議では申し送り廃止に向けた提案が具体的に示される。もうそこまで話は進んでいたのだ。小暮婦長はきっと婦長会で出された骨子をもとに議論を進めてくるはずだ。それをどうやって、みんなの納得するような形でウォーキング・カンファレンスの方向に切り替えていくのか。

申し送り廃止にしても、ウォーキング・カンファレンスに変えるとしても、どちらにも不安が残る。これまで勤務交代時に各チーム一時間もかけて患者の情報を共有し、みんなで看護方針を立ててきた。どこに注意して観察をするのか、どんなケアが必要なのかは、患者のその日の状態によって刻々と変化しているから、チームで互いに情報を共有しておく必要があるのだ。

ウォーキング・カンファレンスのことは、職場会議までは誰にも言えなかった。あの日、作戦会議を開いた四人だけの秘密になっていたのだ。職場会議の前にそんな動きがあることを知ったら、小暮婦長はいらぬ心配をして眠れぬ夜を過ごすことになるだろう。

職場のスタッフは婦長側に付くのか、さとみの側に付くのかで悩み、会議では他人の顔色を見て萎縮し、意見が言えなくなるかもしれない。だからこそ、根回しのようなことはせず、職場会議で初めてウォーキング・カンファレンスの提案を出して、正々堂々とみんなの意見を聞きたかった。

奈緒子は近くのファミリーレストランで真治と食事をしながら、こっそりとウォーキング・カンファレンスの悩みについて打ち明けた。

「今だって、忙しい職場のなかで小暮婦長とさとみさんの対立に冷や冷やさせられているのに、申し送りの廃止をめぐって大きく意見が分かれるようになったら、職場が分断されそうで怖いの」

「ふーん、そうなんだ。それは困ったことになりそうだな。もし、就業時間前にカルテからの情報を読まなきゃいけないようなら、労組としては黙っていられないな。おそらく残業代は支払われないだろうから、情報収集の時間をしっかり勤務時間内に組み込んでもらうようにしないと駄目だ」

　真治は腕組みをして、いかにも労組の専従らしい立場で自信ありげに答えた。奈緒子には、病院のことを何も知らず自信のなかった真治が思い出されて可笑《おか》しかった。

「今、奈緒ちゃん、俺のこと笑わなかった」

「だって、前に比べて、ずいぶん専従らしくなったなあって思って」

「おー、そうか。そんなふうに奈緒ちゃんに思ってもらってうれしいよ。こんな俺だって労組では書記次長なんて役職だからね。組合員さんからの組合費で俺の給料が出ているわけだし、ちゃんと頑張らないとね」

　真治は照れ笑いしつつも晴れやかな顔つきをしていた。

「それでそのウォーキング・カンファレンスって勝算はありそうなのかい」

「さとみさんが言うと何だかきつい口調になりがちだし、急な対案をみんながすぐに飲み込めるのかどうかが不安なの。小暮婦長はさとみさんに警戒心を持ってるから、そういう感情のもつれが邪魔するかもしれない」

　奈緒子には不安の種がつきなかった。イメージだけのウォーキング・カンファレンスが実際に成功するのか、それはまだ誰にも分からなかった。

　日勤を終えた三階西病棟の看護婦たちが会議室に集まってきていた。十名ほどのメンバーが着席した時、その場はまだ和やかな雰囲気だった。

「それでは皆さん集まりましたので、職場会議を始めたいと思います。今日の主な議題は申し送り廃止についてです。婦長会議で検討したシミュレーションを今から説明したいと思います」

小暮婦長がそう言った時、場の雰囲気が重くなった気がした。職場会議の資料に目を落とし、淡々と読み上げる小暮婦長の声は、もうそうするより他に道はないと告げているようだった。奈緒子の横に座っているさとみは、明らかに聞いちゃいられないというように、ボールペンをいじっていた。

小暮婦長の説明によれば、各チームリーダーだけが特に状態が変化した患者の申し送りを夜勤者から聞いて、他のメンバーは先にベッドサイドに向かうというものだった。資料に目を通して考える時間が与えられた。本当にそれでいいのか、他に方法はないのだろうか。みんなの顔には、そう書いてあるように思えてならなかった。

「あの、いいですか」

さとみが声を上げて意見を述べようとしたちょうどその時、それを遮るように先を越したのは奈緒子だった。

「こ、小暮婦長、意見があります」

職場会議で婦長の提案に異論を述べるのは、初めてのことだった。さとみが言うと必ず角が立って事があらだってしまう。だから、まず反対意見を言うのは自分の方がいいのだと、奈緒子はとっさに思ったのだ。

「私は申し送りをなくすことにすごく不安があります。お休みを頂いてロンドンに行った時、私はナイチンゲールが設計した病棟を見てきました。細長いフロアの左右に十五床ずつベッドが並んでいて、ナースは患者をすべて見通せるようになっています。そこにはナースステーションはなくて、小さな机が三ヶ所に置いてあるだけでした。申し送りも記録もそのオープンなところでされていたんです。でも、患者さんたちは看護婦がいつも身近にいてくれることに安心感を持っていました。それを何人かに言ったところ、申し送りを廃止するというのではなくて、もっとオープンにベッドサイドでできないかという話になったんです」

「ちょっと佐山さん、まさかあなた、申し送りをベッドサイドでするなんて考えていないでしょうね」

小暮婦長は奈緒子の話に待ったをかけるように口を挟んだ。申し送りはナースステーションで、患者には聞かれないように厳重に扉を閉めて行っている。今までの常識やこれまでの看護の原則から考えてみれば、それは大きな変化だった。小暮婦長が受け入れがたいと思うのも無理はない。

「そうなんです。申し送りをベッドサイドで患者さんと一緒に行うということなんです。先生方はすでに回診という形でそれをやっています。看護回診、そんなイメージで申し送りをできないかという提案です。看護婦が勤務交代しても、自分の病状がしっかり伝わっているかが患者さんは気になっていると思います。それにカンファレンスを兼ねてチームのみんなで患者さんを観察すれば、その場で相談もできるし判断に迷うこともないと思うんです」

奈緒子は発言内容を書いたメモを握りしめながら言った。とにかく自分の意見をみんなの前で発表できたことに、奈緒子は我ながら驚いていた。引っ込み思案で一生懸命、考えていても言葉にならない。そんなもどかしい思いをいつもしてきたのだった。

こんなことを私が言ったら、相手がどんな反応をするのだろうと頭に他の心配ばかりが浮かんできた。黙っていれば、何事も起こらない。ただ、それでは自分の思いがきちんと伝わらないと葛藤し悩んできたのだった。

「申し送りの廃止は、看護婦不足を補うためだけのことで検討されているんではないんです。私たちは常に業務を見直して改善していくことが求められています。佐山さんの他に意見のある人はいますか」

小暮婦長は申し送り廃止に向けたシミュレーションの提案に対する奈緒子の反論に少したじろいでいるようにも見えたが、婦長としての貫禄を見せてみんなの意見を求めた。

「はい」

手を挙げたのはいつも従順で発言の少ない後輩の香織だった。奈緒子の発言以上にみんなが香織の発言に注目した。

「私も佐山さんの意見に賛成です。今まで申し送りってあって当然のものと思ってきました。でも佐山さんの話を聞いて、頭を切り替えてみたんです。患者さんのそばにいて、もっと話を聞いたり、ゆっくりケアがしたい。看護学校を卒業して現場に来てみたら業務をこなすのに追われて、学校で勉強したことが、なかなかできていない。でも、人が足りないからできないってあきらめたくないんです。だから、申し送りを廃止するんではなくて、違う形で継続することはできないかって思っています」

暗くて重い空気が漂っていた雰囲気が、香織の発言で明るさを取り戻してきたようだった。中堅のさとみの強力な力を借りなくても、若手の奈緒子と香織が小暮婦長の提案に待ったをかけた。それがみんなに勇気を与えたのではないかと思えた。

「婦長会では他の病院にも見学に行って、この看護婦不足にいかに対応していくのか考え、患者さんの安全のために、まずは試験的にやってみようと計画しています。決まったわけではないですから、それをやってみた上で意見を出してもらう予定になっています。どうでしょうか」

小暮婦長は、あくまでも申し送り廃止の試験実施を受け入れてもらいたいという気持ちが強かったようだが、その方法がベストだとは思い切れていないように思えた。

「はい、私は申し送りを廃止してもいいと思っています。その方が効率的だし、一時間もベッドサイドを離れてナースステーションに閉じこもっていたことを考えれば、その間にたくさんの仕事をこなすことができます。残業はできるだけ少なくなるようにしないと、特に子育て中の私なんかは働き続けるのが難しくなります。それに病院の赤字が増えるばかりで経営的にも問題なのではないでしょうか」

発言したのは、保育園児を二人抱えるナースだった。これには奈緒子も反論するのが難しかった。仕事と家事や育児を両立させるのは、本当に大変だと思う。そういうナースたちが働き続けられなくなったら、看護婦不足に拍車がかかってしまう。

議論は暗礁に乗り上げたように思えた。業務の効率と患者の安全を守ること。患者の思いを尊重してより質の高い看護を追求すること。その両方を同時に叶えることはできないのだろうか。

さとみはあえて沈黙を守っていた。その方がかえって良い結果が出ると、意見を奈緒子や香織の若手に委ねていたように思った。

「分かりました。皆さんの意見は賛否両論あって、まだ申し送り廃止の試験実施に踏み切るには、議論が必要だと思います。皆さんが納得いくまでよく考えてみましょう。欠員状況が悪化して、三階西病棟まで病棟閉鎖になるような事態にならないように、みんなの結束が求められています」

小暮婦長は早急な決断を避けて、翌月の職場会議までによく考えるように言った。力を合わせて何とかみんなで職場を守る。これが先決なのだ。

「発言してもいいですか」

沈黙を破っていよいよさとみが口を開いた。荒っぽい口調でみんなを震え上がらせるようなことにならないか、奈緒子は心配だった。

「婦長会議で申し送り廃止の準備を進めていることはよく知っています。ベッドサイドを離れているのは、確かに問題があると思います。ドクターの回診のようにナースが病室を回るのは時間がかかると思いますが、検温もかねてチームで回れば時間の節約にもなるのではないでしょうか。人がいないから申し送りをあきらめるのではなくて、チームで患者さんの観察をし患者さんの要求を直接、知ることができるようにしたいと私は思います」

さとみはいつもの戦闘的な物言いはやめて反対意見にも配慮した提案をした。みんなはさとみの発言にうなずきながら耳を傾けている。

いまは夜勤者から日勤者への申し送りの後、自分の担当する病室を検温して回り、病状を確認することになっていた。それは先日の作戦会議では発想のなかったことだったが、確かにそれは時短につながると、さとみのとっさのアイデアに奈緒子は感心して聞いていた。

「私はそれをウォーキング・カンファレンスと呼んで、ぜひ試験実施したいのですが、皆さん、いかがでしょう」

――ウォーキング・カンファレンス
初めて聞いたその耳慣れないネーミングに、みんな動揺して小さな笑いが聞かれた。

「ねえ、婦長さん、それ、やってみたらいいんじゃないですか。患者さんがどんな反応をするのか楽しみじゃないですか」

洋子さんの後押しもあって、最初は緊張して重苦しかったみんなの顔もほころんできた。

小暮婦長は少し考えてから、まだこわばった顔つきで言った。

「ウォーキング・カンファレンスですか。なるほど、それも机上の申し送りを廃止することにはなりますね。初めての取り組みですから、婦長会議の確認をとってから進めていきましょう。皆さん、それでよろしいですか」

小暮婦長はみんなに視線を向けた。反対意見が出そうな気配はなかった。奈緒子は恐れていたさとみと小暮婦長の対立が起こらずに、ウォーキング・カンファレンスの提案がみんなの賛同を得たことに胸をなで下ろした。

職場会議が終了して解散になり、病院の裏口を出た後、さとみが奈緒子に言った。

「まさか、奈緒子が最初に口火を切るなんてびっくりしたよ。あたしが先に言おうと思っていたのにさ」

「だって、さとみさんが先に言うと、まとまる話もまとまらないような気がしたんです。だけど、私、なんだか初めて自分の意見をしっかり言えた気がします」

奈緒子は自分を少しだけ誇らしく思った。

「そうだよ。奈緒子、頑張ったな。これからは一人でもずばっと自分の意見が言えるようにならないとね。他人の顔色ばかりうかがってたら駄目だよ」

さとみの真っ赤な口紅が外灯に照らされて、より鮮やかに見えた。

「逆にさとみさんは、いつもより控えめにみんなの発言を聞いてから、説得力のある発言をしていて、すごいなあって感心して聞いてたんですよ」

奈緒子がそう言うと、さとみは珍しく照れ笑いした。

「そりゃ、私だって考えて発言することができるってとこ、見せなきゃね。後輩に笑われないようにしたいからさ」

「私、もっと発言力をつけていきたいんです。今日の職場会議でのさとみさんみたいに、みんなが納得できるような話し方ができるといいなあ」

考えすぎてしまって、黙り込んだままいることが多かった奈緒子にとって、今日のさとみはとてもまばゆく見えた。

「あたしなんてすぐに角がたつから駄目だよ。奈緒子なら大丈夫、もっと自信をもっていいんだよ」

さとみの手が奈緒子の背中を力強く押した。

十八　あなたの笑顔がみたいから

午後十一時、暗く静まり返ったカンナ寮の部屋で、奈緒子は深夜勤務に出かける準備をしていた。遠くで救急車のサイレンの音がかすかに聞こえている。もうすぐ病院の救急外来に救急車が到着するだろう。緊急入院になるのだろうか。入院中の患者が急変して病状を悪化させることはないか。

夜勤前の緊張感に包まれながら、奈緒子は眠い目をこすった。昼間、仮眠を取ることができなかったせいで、夜勤に出かける今になって眠くなってきた。昼間起きて夜寝るのが本来の生活のリズムなんだから、夜眠くなるのは仕方ない。

このまま、ベッドで眠れたらどんなに幸せだろう。毎回、こうして憂鬱な気持ちで夜勤に出ていかなければならない。もっと看護婦が増えれば、月に十回以上にもなる夜勤の回数を減らすことができるのに。

生理日に当たって、お腹の痛みや白衣を汚す心配がないだけましかと奈緒子は思った。

それに今日の夜勤には楽しみがあった。明日の朝の申し送りから、ウォーキング・カンファレンスの試験実施が始まるのだ。あの職場会議の後、小暮婦長が婦長会議にかけて管理委員会でもゴーサインが出たのだ。

職場ではシミュレーションを重ねて、ベッドサイドで誰がどんな動きをするのか、役割分担がスムーズにできるようにしてきた。朝の忙しい時間帯だけに、もたもたしている暇はなかった。

奈緒子はオープンしたばかりのみずぬま協同病院に就職して、これまで何もないところから、みんなで看護の仕事を一つ一つ積み上げてきた。もし看護学校を卒業する時、歴史のある都立病院を選んでいたら、先輩たちが長年、培ってきた看護のマニュアルに沿って業務をしていけば良かっただろう。

でもあえてそれを選ばなかったのだ。まだ制度化もされていない訪問看護など、先進的な活動をしていたからこそ、魅力を感じて就職先に選んだのだった。

――若い時は苦労を買ってでもしろって言うのよ

忙しい業務のなかで、ベテランナースからそう言われた時は嫌味にしか聞こえなかった。若くたって、仕事をきつく思う時がある。時には看護婦を辞めて、違う仕事をしてみたいと考える。それでも辞めないで続けてこられたのはなぜだろう。

奈緒子はこの病院で働いてきて、自分が自分らしく生きているように思えるようになったのだ。これまでは言いたいことがあっても、その言葉を飲み込んで口に出せなかった。そんな自分がいやで苦しくて仕方なかった。さとみや洋子、それに香織にも出会えたし、新しい挑戦を認めてくれる職場も、奈緒子が自分らしくあることを応援してくれているように思えた。

看護講座でナイチンゲールの『看護覚え書』を学び、イギリスで現地のナースに出会って、奈緒子はどれほど勇気づけられただろう。イギリスの社会保障は日本よりもずっと充実していて羨ましいほどだったが、中曽根政権も、サッチャー政権も同じように社会保障を削り、医療費の削減を進めようとしていた。

そんななかで英国の看護協会が看護婦の増員を要求し、聖トーマス病院のナースたちはナイチンゲール病棟の閉鎖に反対する署名に取り組んでいた。自分の思いを胸のうちに留めておくことなく、もっと多くの人にそして政治に届くようにすることは、特別なことじゃない。当たり前のことなんだと奈緒子は実感したのだった。

夜勤実態調査に入って実際の看護業務を体験してから、真治はずいぶん看護婦への理解を深めてくれたように思えた。看護婦だけに職員寮があることを、何か特権のように捉える人も少なからずいたが、真治の調査によって、ずいぶん労組の執行委員会も看護婦の要求に耳を傾けてくれるようになったのだ。危険手当をつけてほしいと要求していた手術室の看護婦の意見を退けて、反目していた労組と看護婦との関係が改善してきたのも、真治の努力によるものだった。

看護婦闘争推進委員会ができて、各部署の看護婦たちが集まり、これから本格的に活動が進められていくことを、奈緒子は大いに期待していた。

更衣室で白衣に着替えて階段を上り三階西病棟に向かうと、ナースステーションの明かりが見えてきた。さあ、これから夜勤が始まる。緊張感が一気に高まっていくのが分かった。幸い、恐れていた夜間の緊急入院も急変患者もなく、業務はスムーズに予定通り終わりそうだった。夜空が少しずつ明るくなってきた。

日勤者との交代時間の前に、奈緒子はウォーキング・カンファレンスの試験実施の準備に取り掛かった。ワゴンに患者一人ひとりの温度板を積み重ねて、その隣には看護計画が書かれているカーデックスを置いた。このワゴンをベッドサイドに持って行き、そこで医師からの指示や検温表を確認しながら、申し送りをするのだ。新しい挑戦が始まる。

奈緒子は患者の目の前でどんなふうに申し送ればいいのか不安に思いながらも、自分たちで創意工夫した申し送りができることがうれしかった。

「おはようございます。さあ、今日からウォーキング・カンファレンスが始まります。時間がかかり過ぎないようにすること、そして患者さんに安心してもらえるように発言には十分、注意を払って下さい」

小暮婦長がきびきびとした口調で、試験実施への注意事項をスタッフに伝えた。奈緒子が病棟日誌を読み上げた後、Aチーム、Bチームに分かれて、それぞれベッドサイドに向かった。

「おはようございます。本日、佐藤さんを担当するのは萩尾さとみです。よろしくお願いします」

日勤者のさとみがまず患者さんに挨拶した。

「そうですか。よろしくお願いします」

深夜勤の奈緒子を含め、四人ほどの看護婦に囲まれて、患者さんは少しとまどったような顔つきだ。

「昨夜は咳も落ち着いて、ゆっくり休まれていました。抗生剤の指示は今週末で終了になります」

奈緒子が申し送り事項を日勤のメンバーに話した。患者さんも奈緒子の言葉を聞いている。

「佐藤さん、咳はだいぶ落ち着いてきたようですね。お注射も土曜日には終わりになる予定ですよ」

担当のさとみが患者さんに話した。

「そうですね、咳も良くなったし、ゆっくり眠れて助かりました。注射がなくなったら、もう家に帰れるのかしら」

佐藤さんは今後の予定を知って、質問を投げかけてきた。

「来週、胸のレントゲンが予定されていますから、おそらくその結果で退院日も決まりそうですね。先生に確認しておきますね」

さとみが温度板に記載されている医師の指示を見ながら、佐藤さんの質問にも答えた。その会話の合間に、他の日勤者が佐藤さんに体温計を挟んで脈を取り、検温の記録を温度板に付けた。

多少、時間は取られても、患者さんは自分の症状を直接訴えることができ、今後のことを質問してもその場でしっかり答えてもらえ安心しているようだった。業務の効率が良くなるのはもちろん、患者さんに安心感を与えられるのがウォーキング・カンファレンスの誇るべき点だった。

さとみは奈緒子に目配せし、試験実施がうまく行っていることを喜んでいるサインを送ってきた。昼休みの休憩室は、ウォーキング・カンファレンスの話題で持ちきりだった。

「奈緒子、あたし手応えを感じたよ。ウォーキング・カンファレンスってやっぱりすごい。これなら行けそうじゃない。患者さんの前だから、ちょっと緊張もあったけど、なかなかいいわ」

さとみはお弁当を食べながら興奮気味に、夜勤明けの奈緒子に言った。

「想像していたより、ずっといいですよ。ウォーキング・カンファレンス、大成功ですね。これなら、看護婦不足で申し送りの廃止に踏み切ろうとしている病院に、きっと歓迎されるはずです。それに患者さんが喜んでくれたみたいで、うれしいですね」

奈緒子は眠気を感じながらも、さとみとその喜びを分かちあった。小暮婦長が休憩室に入ってきた。

「どうなるか心配だったけど、ウォーキング・カンファレンス、とっても良かったわね。さとみさん、これなら本実施できそうよ」

小暮婦長が笑みを浮かべて、さとみの肩を叩いた。奈緒子はそんな様子をみてとてもうれしかった。小暮婦長とさとみの対立で、病棟が分断されるような雰囲気だったのが、ウォーキング・カンファレンスの成功で、和解することができたように思えた。職場全体が同じ方向に向かって歩き出そうとしている。奈緒子は晴れやかな気持ちになった。

夜勤の仕事を終えて、昼過ぎに職場から更衣室へ向かう途中、奈緒子は病院の玄関前で足を止めた。外来の受付や会計待ちの患者さんが行き交う玄関の自動ドアのすぐ横に、署名コーナーが設置されていた。昨夜、夜勤前に通った時にはなかったはずだから、今日できたばかりのようだ。

《あなたの笑顔がみたいから》

看護婦闘争推進委員会の看護婦たちが知恵を出し合って、キャッチコピーを考えた。「看護婦ふやせ」という文句はちょっと戦闘的なイメージがあるので、誰にでもなじみやすい言葉にしたのだった。

奈緒子が驚いたのは、その素敵なキャッチコピーをたすき掛けした等身大の看護婦の人形が立っていたからだった。かかし作りなら任せてくれと言っていた真治が、この人形を作ったのか。毛糸で束ねられた髪はきっと推進委員会のメンバーの看護婦が手伝ったに違いない。白衣のワンピースにうすいピンクのエプロン、ナースキャップはどれも本物だった。張りぼての顔は、にこやかな笑みを浮かべている。

その横の壁にはパネルが展示されている。日勤、夜勤の看護婦の業務内容。全国の看護婦の残業実態や月の夜勤回数。海外の看護婦の手厚い人員配置と日本との比較などが分かりやすく手書きでまとめられている。これは聖トーマス病院で奈緒子が見た展示を参考に、署名を訴える意義を伝えやすくするために委員会のメンバーで作成したものだった。

外来に行き交う患者さんたちもその人形やパネルに目をとめていた。署名を呼びかける看護婦をそこに配置することはできなかったから、人形の効果は絶大だった。人形の前に置かれた小さなテーブルの上の看護婦増員を訴える署名用紙には、たくさんの名前が記入されていた。

奈緒子はその署名コーナーを見て、夜勤明けの疲れが吹き飛ぶような明るい気分になった。ウォーキング・カンファレンスに、看護婦増員署名の取り組み。第一歩がここで踏み出せた。看護婦たちの胸のうちを出し合って手を取れば、こんなふうに前に向かって動き出すことができるのだ。

《あなたの笑顔》、それは患者さんであり、看護婦であり、そして自分自身の笑顔だと奈緒子は思った。みんなが笑顔になれたら、どんなにすばらしいだろう。更衣室で白衣から私服に着替えた奈緒子は、この喜びを早く真治に伝えたいと思った。今晩、真治の仕事が終わったら、一緒にファミレスで食事をする約束をしていた。

　仮眠をとって先に駅前のファミレスの席に着いていた奈緒子は店に入ってきた真治に手を振った。真治はまもなく手を振る奈緒子を見つけて席に着いた。

「夜勤明けなんだろう。眠くないかい」

「仮眠もできたし、今日は全然、眠くないから大丈夫」

「元気だなあ、それは良かった。で、ウォーキング・カンファレンスはどうだった」

「それが思っていた以上に、大成功だったの。小暮婦長もね、これなら本実施できそうだって、喜んでたのよ。それにね、玄関前の署名コーナー、ほんと大反響だった。署名だってすごく集まってたし、真治さんが作ったんでしょ、あの人形」

「うん、まあね。手伝ってもらったところもあるけど、なかなかの傑作だと自分でも思ってるんだ」

　真治は誇らしげに腕を組んで言った。

「人形の名前、知ってるかい」

「えっ、名前があるの」

「俺のなかでは奈緒ちゃん人形なんだけどさ、みんながえっちゃんだって言うんだよ。笑顔のえっちゃんだから」

「へえ、えっちゃん人形か。これからも大活躍しそうよ。《あなたの笑顔がみたいから》っていうキャッチコピーが、ほんとに胸に響いてくるし。推進委員会を作ってもらって、これからいろいろな活動ができそう。真治さん、忙しくなるわよ。覚悟しておいてね」

「任せてくれよ。俺がついていれば怖いものなしだからね」

　真治のおどけた笑顔に奈緒子は思い切り笑ってしまった。

「それからこれは医労連からの行動提起なんだけど、国会議員要請行動に参加してほしいんだよ。俺も初めてのことでよく説明できないんだけど、集めた署名を持って国会議員に提出して、国会に看護婦増員の要求を提案してもらうためにする行動なんだって」

真治が言ったことの意味を奈緒子はすぐには理解できなかった。そう言えば、署名を集めた後、それがどんなふうに生かされるのか奈緒子はよく知らなかった。署名でみんなの声を集めるのは、国会で審議してもらうためだったのか。

「労組の執行委員も俺もみんなで参加するから、心配いらないよ。看護婦さんたちも勤務の都合をつけてもらって、参加してもらうようにお願いしてるからね」

具体的には議員会館に行って、各政党の議員の部屋を訪ねて訴えをしてくると言う。人見知りの奈緒子にとっては一番、苦手とする行動だった。

「それまでに全国で署名をたくさん集めないとね。えっちゃん人形と一緒に頑張ろうよ」

奈緒子は意外な展開に驚いていた。一人ひとりの声を集めて、みんなに広げるということが、これからどんなふうになっていくのだろう。はじめの一歩を踏み出したら、次の二歩目、三歩目がまだまだ続いていくのだ。

奈緒子はロンドンで出会ったナースたちの姿を思い出していた。彼女たちも次の一歩を目指しているのだろうか。ナイチンゲール病棟を閉鎖しないで、この先もずっと残したままにしてもらえるのだろうか。イギリス以外にもきっと同じ思いで働いている看護婦がいるだろう。

看護婦増員だけじゃない、イギリスや北欧のような充実した社会保障制度があれば、もっと多くの笑顔がみられるはずだ。奈緒子はそんな思いを抱くようになっていた。これまで出会った患者さんたちが、奈緒子の記憶に深く刻まれていた。

お年寄りが姥捨《うば》て山のように劣悪な老人病院に追いやられることがなくなり、子どもたちがのびのびと学校生活を送れるようになる。そんな社会にすることはできないのか。奈緒子は患者さんたちの苦悩に接するなかで、社会を見つめてきたのだった。

「国会議員にあたしの思いを訴えてくれればいいんだ

よね。医療現場で看護婦がどんな気持ちで働いているか、ちゃんと聞いてもらわなきゃ。あたしね、自分に自信がなかったし他人に否定されるのが怖くていつも黙ってた。でもそれは違うって思えるようになったんだ。これからは勇気を出して自分の気持ちを伝えなきゃいけないよね」

奈緒子がそう言うと、真治は奈緒子を見つめながら大きく何度もうなずいた。

さとみのアパートにいつもの四人が集まったのは、ウォーキング・カンファレンスの本実施が始まった頃だった。初めてさとみに餃子パーティーを開いてもらった時と同じく、「赤旗」の新聞記者であるさとみの夫も一緒だった。

あの時のように餃子だけのメニューではない。料理上手な洋子特製のポテトサラダや、ピザなどがテーブルに広がっている。

「ウォーキング・カンファレンスの成功を祝して、お祝いの会を開きたいと思います。皆さん、おめでとうございます」

奈緒子が音頭をとってシャンパンで乾杯した。あの作戦会議が開かれた時、こんなふうに盛大にお祝いをする日が来るなんて思ってもみなかった。

「さとみさんが、ウォーキング・カンファレンスって初めて言った時、それが何だか想像もつかなかったよね。あんまり突飛な発想だから、きっと小暮婦長に蹴られると思ってたのよ。それが、こんなふうにみんなに受け入れられるなんてねえ。嘘みたいだよ」

洋子はそう言うと、シャンパンのグラスを傾けて一気に飲み干した。

「小暮婦長に聞いたんだけど、他の病棟でもなんとウォーキング・カンファレンスを導入することになったんだって。それに看護雑誌にも取り上げられることが決まったそうよ」

さとみはいち早く看護部の動きをつかんでいた。

「あたしたちが夢見たことが現実になろうとしてるなんて、すごい、すごい」

奈緒子はシャンパンで頬がほてるのを感じながら

興奮して言った。全国的な看護婦不足で効率を求める業務改善が進むなか、ウォーキング・カンファレンスは注目の的になるだろう。

「現場の看護に文句ばっかり言っていたさとみも、ずいぶん前向きになったような気がするよ。看護婦不足の問題を『赤旗』でも最近、よく取り上げるようになったしね。全国で署名もずいぶん進んでいるって話だね」

さとみの夫は「赤旗」の記事で看護問題についてもよく知っている。奈緒子は以前、日曜版だけでなく日刊紙の購読を勧められたこともあったが、二の足を踏んでいたのだった。新聞をじっくり読むほど、これまで社会に関心を持っていなかったというのが正直なところだった。「赤旗」の日刊紙では看護問題をどんなふうに取り上げているんだろう。奈緒子は、その記事を読んでみたいと思った。

「半分、閉鎖していた外科病棟も外からの応援をもらって来月には全部、開けられるようになるって言うし、これでうちの病院もようやく危機を乗り越えられそうだね」

さとみの声が明るく響いた。

「あっ、私いま《看護はアートである》っていうナイチンゲールの言葉の意味が分かったような気がする。看護って決まった形なんてない。だから、新しいことにどんどんチャレンジして行けっていうことなんじゃないかな」

一番後輩の香織が真面目な顔でそう言うとみんなが「そうだ！」と歓声をあげた。

「はい、私にも言わせて下さい。看護の学びを深めて、看護をもっとより良いものにするためにも、もっと社会とか政治とかに関心を持たないといけないんじゃないかって思うんです。だから、私にとってアートの意味は、ナースも社会に挑めというメッセージだと思います」

「そうだ、頑張れ！」

さとみが言うと、みんなが奈緒子に拍手を送った。奈緒子は自分がそんな宣言をしたことに気恥ずかしさもあったが、みんなに拍手されてその思いを確信することができた。

《あなたの笑顔がみたいから》

奈緒子はえっちゃん人形に込められた看護婦たちの願いが、この言葉に凝縮されているように思えた。忙しく駆けずり回る業務のなか、自分は笑顔を患者さんに向けているだろうか。患者さんの声にしっかり耳を傾けているだろうか。簡単なようですごく難しい。それでも必ず、どこかに道は開けている。そのためにも、挑戦し続けていかなければならない。奈緒子は明日、またウォーキング・カンファレンスをするのが楽しみだった。

真っ暗な夜の闇に小さな星があちらにもこちらにも光っている。数え切れないほどの光を一つずつ集めたら、どれほど明るく眩しく輝くだろう。奈緒子はいつまでもその小さな星たちを見上げていた。

○参考文献
『進め！おもらし世直し隊　だいじょうぶ、失禁。』
西村かおる　弓立社　一九九五年　第一刷

あとがき

一九八〇年代後半、「臨調行革」路線による医療費削減で、病院では駆け込み増床による深刻な看護婦不足が起こり、ベッド閉鎖や倒産に追い込まれる事態になっていました。看護業務に効率を求めることが優先されるなか、勤務交代時の申し送りに時間がかかるとして、廃止に踏み切る病院が出てきました。

ナイチンゲールの看護を学び患者の立場にたつ看護を実践するために、現場の若い看護婦たちが頭を悩ませて考え出したのが、ウォーキング・カンファレンスでした。これまでは看護婦だけが情報を伝達するものでしたが、患者と情報を共有し協同して看護計画を立てることができるようになったのです。その後、ウォーキング・カンファレンスは驚くことに全国に広まり、多くの病院で導入されていきました。

業務に追われ看護婦を続けていくことに自信を持てなくなった時、ウォーキング・カンファレンスは一筋の光を与えてくれました。どんなに困難な状況にあっても、あるべき看護を追求することはできると実感できました。

何より私たちの学びを導いてくれたのは、臨床看護学研究所の川嶋みどり先生でした。仕事と子育てを両立しながら、臨床の看護をよくするために日々、奮闘されてきた大先輩であり、あきらめずに挑戦し続けることを教えられました。

いま、新型コロナウイルスに立ち向かう最前線の医療現場で、いのちを守るために働く看護師の苦労は計りしれません。必ずいつか光を見出せると信じ、希望を持ち続けて頂きたいと思います。

橘あおい（たちばな　あおい）
1963年東京都生まれ。日本民主主義文学会会員。看護専門学校を卒業後、看護師として勤務。2011年「ルージュをひいて」で第9回民主文学新人賞佳作。『学習の友』誌で2015年9月号～2017年4月号「一番星みつけた」連載。著書『スプーン一匙』（2011年、文芸社）。

小夜啼鳥《さよなきどり》に捧《ささ》ぐ

2021年6月25日　初　版

著　者　橘　あ　お　い
発行者　田　所　　稔

郵便番号　151-0051　東京都渋谷区千駄ヶ谷4-25-6
発行所　株式会社　新日本出版社
電話　03（3423）8402（営業）
03（3423）9323（編集）
info@shinnihon-net.co.jp
www.shinnihon-net.co.jp
振替番号　00130-0-13681

印刷　光陽メディア　　製本　小泉製本

落丁・乱丁がありましたらおとりかえいたします。

ISBN978-4-406-06608-2 C0093　Printed in Japan